短歌ください

海の家でオセロ篇

穂村 弘

KADOKAWA

短歌ください　海の家でオセロ篇

テーマ

ぬいぐるみ

今回のテーマは「ぬいぐるみ」です。応募作全体を見ると、ＵＦＯキャッチャーの歌が多かったかな。

ぬいぐるみ売り場に連れてきてくれてありがとう　父親じゃないのに

（多田なの・女・20歳）

「父親じゃないのに」がいい。「ぬいぐるみ売り場」に連れてきてくれるのは「父親」という思い込みが、何故だか心に迫ります。〈私〉が本当に欲しいものはなんだろう。

日本語で"Nice to meet you!"は「ぬいぐるみ！」教えこまれて信じたトム君
（長柄たかひろ・男・48歳）

「トム君」には悪いけど想像すると可愛い。「Nice to meet you!」を早口で云うと「ぬいぐるみ！」に近づくんですね。

ぬいぐるみの上着を脱がし背を割って確かめている電池のサイズ
（エース古賀・男・33歳）

「ぬいぐるみ」に命を与えるためには、正しい「サイズ」の「電池」が必要。即物的な関係性が現実の象徴のようです。

舶来の熊はなんにも語らない祖国の言葉を口に出来ない

（タンポポ・女・55歳）

そうか、もしも、その「熊」が喋るとしたら「祖国の言葉」なんだ。ぬいぐるみたちの会議にも通訳が必要なんですね。

テディベア大きさ規制反対派有志が作ったクマに登ろう

（竹林ミ來・男・35歳）

山のような「クマ」なんだろう。そこで遭難事故が起きて、大きすぎる「テディベア」はやはり危険、という規制派の声が大きくなるところを想像しました。

着ぐるみが小さなじぶんを配ってる　駅前
ひとはそれほどいない

（永瀬鈴・男・32歳）

「小さなじぶん」を配るという入れ子感覚が面白い。よくわからないけど、人間の細胞とかDNAとかってそういうことなのかも。

母さんと父さんどちらと暮らすの？と聞かれたときに見たテディ・ベア

（五十子尚夏・男・28歳）

兄弟か姉妹がいればそっちを見たんじゃないか。でも、「テディ・ベア」は答えてくれない。絶体絶命の一瞬。ベアと二人で家を出てしまおうか。

さっきまで友だちだったたくまちゃんの片足を持ちパンを食べる子

（鞄・女・21歳）

「大きさ的にか集中力でか、子どもって大切なぬいぐるみでも適当に持っていることが多いです」との作者コメントがありました。確かに、そんな感じですね。「さっきまで友だちだった」という云い方がいい。

ウェディングドールは新婦を見たときと同じ目をして空き巣を見てる

（川元ゆう子・女・37歳）

「新婦」と「空き巣」、そして「同じ目」によって、容赦ない現実というものが浮かび上がってくる。

左手にぬいぐるみを持っているから迷子じゃなくて戦争でした

（鈴木晴香・女・35歳）

「ぬいぐるみだけが、味方なのだ」との作者コメントあり。「迷子」から「戦争」への飛躍を「ぬいぐるみ」が支えているとは。

では、次に自由題作品を御紹介しましょう。

この世界、この瞬間、ノーパンのおじいちゃんが何処かに潜む

（けろっち・男・20歳）

「老人ホームのトイレを借りたら個室のすみっこにパンツが落ちていました」との作者コメントあり。その事実から、この短歌を成立させたところが見事ですね。怖いような、悲しいような、笑えるよう

な、「世界」のポテンシャルはすべての「瞬間」に全方向に広がっている。

ソーダ買ってきてって言ったのに　生姜買ってきた祖母が愛しい

（染井吉野・女・18歳）

「ソーダ」を「生姜」だと思った「祖母」が可愛く思えます。逆だと、そこまではないのが不思議。「生姜湯にしました」との作者コメントにほっとしました。

このPC「さようなら」じゃなく「さようなら」を予測したから別れを知ってる

（中村日菜子・女・15歳）

「さようなら」は日常の挨拶、「さようなら」は本当の「別れ」、ということでしょうか。「予測したから別れを知ってる」という発想に惹かれます。

次の募集テーマは「畳」です。畳のある家に住んでいたのは、いつまでだったろう。「畳」をよく知らない人は想像で書いてみてね。色々な角度から自由に詠ってみてください。楽しみにしています。

また自由詠は常に募集中です。どちらも何首までって上限はありません。思いついたらどんどん送ってください。

老い

テーマ

今回のテーマは「老い」です。驚きや恐れや不安を含んだ魅力的な歌が多かったです。

老人の漕ぐ自転車が歩くよりはるかに遅いのに倒れない

（鈴木晴香・女・35歳）

「むしろ、普通の速さで漕ぐよりすごい身体能力なのではないかと思う」との作者コメントあり。なるほど。ものすごく遅いこともあって、どこか異次元めいたオーラを放っている。何度も見かけたことがあったけど、歌にすることは考えなかったなあ。

しゃぼん玉買ったんだよっていつも言う訪問入浴介護に父は

（斎藤秀雄・男・44歳）

奇妙なポエジーがありますね。「しゃぼん玉」と「入浴」は無意識の石鹸繋がりでしょうか。子供の言葉が詩に見えることがあるように、高齢者の言葉が詩に近づくこともあるみたいです。

「老人」と言ったら終わる尻取りを終わらせぬため「ロボット」と言う

（白水ま衣・女・37歳）

「老人」と「ロボット」の二重の対比がいい。どこまでも続く「尻取り」が人生なら、その死は「ん」なんだ。

じいちゃんももっと年取ると気がついた
カルビにビールかけてた夜に

（マチコ・女・37歳）

「私が物心ついたときにすでに老人だった祖父。認知症の始まりの目撃は衝撃的でした」という作者のコメントがありました。この歌にはそのショックを読者に追体験させる力がありますね。

二十時を過ぎると増えてくる欠伸そろそろ
部長おねむの時間

（土居健悟・男・29歳）

年を取ると夜更かしができなくなるらしい。その代わりに朝早く目が覚めるのか。「部長」と「おねむ」のギャップが可笑しい。

近づいていきたいけれどすぐそばにいるのにとおいとおいブランコ

（柳直樹・男・44歳）

子供の頃は「ブランコ」に乗るのに迷いはなかった。でも、大人になると、恥ずかしいような、めんどくさいような、不思議な距離感が生まれます。「とおいとおい」の繰り返しが「ブランコ」の動きと繋がっているのかも。

ゆったりとリクライニングシートどこまでも倒されてゆき渚に触れた

（鈴木美紀子・女・54歳）

「いつの間にか、死というリクライニングシートに預けていた身体」との作者コメントあり。「渚に触れた」という意外性の衝撃が魅力。

では、次に自由題作品を御紹介しましょう。

もう会わない電話もしない決めたのよでも
海だけは同じのを見てる

（谷雨希・女・22歳）

「海」はひとつしかないから。それを見る時、どうしても繋がってしまうんだ。

さ行とた行の間にあと一行あるべき五音が
あった気がする

（ムット・女・26歳）

パラレルワールドのどこかではそうなのかも。もし、その「五音」が見つかったら、日本の社会はひっくり返るんじゃないか。言語革命だ。

羊羹の断面みたいな夜だった栗は見当たらなかった歩いた

（つきの・女）

「羊羹」めいた「夜」の実感から、え、栗羊羹？という可笑しみへ。

「同じ服ばっかり着てない？」違う　逆　この服を着ると君に会える

（潤郎・男・32歳）

この返し方はいいなあ。気が利いているという以上の愛の言葉。

旭日旗から目をそむけ下を向くＵＶがもの凄そうだから

（川元ゆう子・女・38歳）

「旭日旗」から「ＵＶ」への展開の意外性。アイロニカルな反社会詠なのかもしれません。

めずらしく公衆電話に人がいて着替えしながら食事をしてた

（織部壮・男・51歳）

「冬の寒い早朝、警備のアルバイトらしき若い人でした」との作者コメントあり。そうか、二十一世紀の「公衆電話」は透明な個室なんだ。

うさぎには見えない黄色　ホームから落ちそうになるそんな日もある

（金子玲衣・女・17歳）

「ホーム」の「黄色」い線が見えなかったんだろう。生物は種によって色覚が違うらしい。歌の中では「うさぎ」と云いつつ、自分自身の心について詠っているようにも思える。

次の募集テーマは「赤ん坊」です。生まれたての人間ってどんな存在なんでしょう。色々な角度から自由に詠ってみてください。楽しみにしています。

また自由詠は常に募集中です。どちらも何首までって上限はありません。思いついたらどんどん送ってください。

テーマ

畳

今回のテーマは「畳」です。作者の年齢による捉え方の違いが興味深かったです。畳に関する経験値の差が歌に出るんですね。

布団上げ畳に寝転び待っている修学旅行の朝のけだるさ

（西口ひろ子・女・51歳）

「寝不足ということもあり、修学旅行は絶えずけだるかったように思います。いつも出発までの中途半端な時間をもてあましていました」という作者のコメントがありました。「布団上げ畳に寝転び待っている」時間って確かにありました。寝不足や中途半端さや「けだるさ」こそが、実は人生の主成分なのかもしれません。

そこばかり擦り切れてゆくばあちゃんの部屋の畳の仏壇の前

（原彩子・女・51歳）

どこにも誰の感情も書かれてはいない。でも、「そこばかり擦り切れてゆく」という、人間の思いの可視化に胸を打たれます。

何もできない僕たちが畳屋の未来を心配する日曜日

（多田なの・女・20歳）

無力感と優しさの結びつきに惹かれました。「日曜日」がいいですね。他の日は自分なりに忙しくて、「畳屋の未来」まで考える余裕がないのかも。

ご用命は０１９３（オーイグサ）までと広告の流れる市電に午後の陽だまり

（Tetsu・男・41歳）

「市電」のアナウンスによる「広告」って確かにそんな感じ。時間が蕩けそうなローカル感が絶妙に立ち上ってきます。

できたての畳に醤油を垂らしたら成田空港の匂いになった

（鈴木晴香・女・36歳）

「外国人が成田空港に降り立った時、そういう匂いを感じる（私たちにはわからない）と聞いたことがあります」との作者コメントあり。その内容をそのまま歌にするのではなく、反転させたことで詩的な衝撃が生まれました。

新生児畳の部屋で寝かされて親戚どものさざめきを聞く

（野村やえ・女・30歳）

「生まれたばかりの赤ちゃんは障子を隔てて静かにしていました。眠ってはいませんでした」という作者のコメントあり。情景が目に浮かびます。「畳」と「親戚ども」の組み合わせが、ベッドと家族の組み合わせにはない血脈の不穏さを秘めているようです。

この畳ひっくり返せば恐ろしい河童がいると知りつつ眠る

（縹・女・19歳）

「小さい頃から、ベッドの下には盗賊がいて、畳の下には河童がいる気がしてなりません」との作者コメントあり。世界の渾沌とした豊かさが、大人になるにつれて整理されてシンプルになってしまう。その価値観の中心にあるものはたぶん経済というかお金。「河童」にはお金が通用しないところがいい。

欲しい品畳の上に並べられ何故か購入ためらうメルカリ

（ジェミニ・女・60歳）

「畳世代の私ですが、メルカリの写真の背景が畳だと生活感をもろに感じ購入意欲が萎えてしまいます」との作者コメントあり。微妙な気分、でも、わかる気がします。「畳」というものの特性の一つが意外な角度から照らし出されました。

土足で踏み込まれてみたい4畳半香ばしいほど西日に焼けて

（鈴木美紀子・女・54歳）

ささやかすぎる生活とその破壊を夢見る感覚。激しいドラマから〈私〉を隔てているものの正体はなんなのか。

では、次に自由題作品を御紹介しましょう。

君は手の銀貨を天然水に変えその水はすぐ人間になる

（鈴木晴香・女・36歳）

「百円玉と、あの重いペットボトルが等価であるという不思議。その水を飲めばそれは私自身になるという不思議」との作者コメントあり。現実の出来事を言葉によって再構成した時、もう一つの不思議な世界が生まれることがあります。

例えば、大西民子という歌人の「わが使ふ光と水と火の量の測られて届く紙片三枚」という歌では、水道光熱費の請求書が来たという現実を言葉の力によって詩に変化させているわけです。

「すごい人」言ってるわたしもそのひとり。金曜夜の渋谷になった

（下目黒りんご・女・31歳）

「渋谷になった」という表現がいいですね。もしも、次のようならどうでしょう。

「すごい人」言ってるわたしもそのひとり。金曜夜の渋谷に立った

（改悪例）

一文字違いで、平凡になってしまいます。一人一人が「金曜夜の渋谷」を作り上げている成分なんだ。

次の募集テーマは「おしゃれ」です。時の流れとともに微妙にニュアンスを変え続けている不思議な言葉ですね。色々な角度から自由に詠ってみてください。楽しみにしています。

また自由詠は常に募集中です。どちらも何首まででって上限はありません。思いついたらどんどん送ってください。

テーマ

赤ん坊

今回のテーマは「赤ん坊」です。いちばん多かったのは、赤ちゃんの小さな手で指を握られる、という内容の歌でした。

真夜中に仮死状態で産まれたという過去が
ふと勇気をくれた

（土居健悟・男・29歳）

一度は死線を越えている、という事実が「勇気をくれた」のだろう。本人は憶えていない出来事が支えになるところが面白い。

両の手で足指持って口に入れ球体となり赤ん坊笑う

（はにわ・女・64歳）

「赤ん坊は体が柔らかいので、寝転がりながら、自分の手で足をもって、楽々と口に入れて遊びます」という作者のコメントがありました。こんな風に言葉にされると、「赤ん坊」が不思議な生命体に見えてくる。丸っこい体型、体の柔らかさ、そして足の指を口に入れて楽しむという精神、そのすべてを揃えることが難しいので、大人は笑う「球体」にはなれないんですね。

一ヶ月検診を待つ母たちはみんなゆらゆらゆれているなり

（大和田ももこ・女・28歳）

赤ちゃんをあやすために揺れているのでしょう。一人一人を見れば普通のことだけど、「みんな」がいっせいに「ゆらゆらゆれている」と、どこか異次元めいた光景に思えてくる。

それぞれに小舟のように保育器は小さなひかりを静かに運ぶ

（テツ・男・42歳）

物理的には同じ場所に並んでいる「保育器」。でも、それは一人一人の運命の川をばらばらに流れてゆく「小舟」なのだろう。

抱かれる前に見ていた彗星は帝王切開の刃のひかり

（鈴木美紀子・女・54歳）

お腹の中の赤ん坊の視界（といっても実際にはまだ見えていないと思うけど）を想像した一首。「帝王切開の刃のひかり」を「彗星」に見立てたところがいい。それは自分をまだ見ぬ光の世界に連れ出す運命の星だ。

アルバムを何度も何度もめくっても毎回兄とおんなじポーズ

（西島未紗・女・16歳）

初めて「兄」とちがう「ポーズ」で写っているのは、何歳のどんな写真からだろう。

このウサギ大量生産ものだから誕生日なんてわからないのよ

（三樹橋さつき・女・27歳）

「血統書付きでない動物の誕生日はほとんどわからないのが残念です」との作者コメントあり。なんとなく、どきっとする歌。人間でも国や時代によってはそういうケースがある。私の父も祖父も、戸籍上の誕生日と実際に生まれた日がずいぶんズレているらしい。誕生日のほかに、昔の人の名前の付け方なども適当で驚くことがある。一人一人の命の扱われ方が今とは違うのだ。

まいだけのお母さんだった昨日まで憎たらしいから赤と呼ばせて

（水野渡・女・22歳）

自分の下に弟か妹が生まれた時のお姉さんの心境なのだろう。赤ちゃんのちゃんを外して「赤」という発想に惹かれました。

赤ちゃんが乗っていますの車からドーベルマンが顔を出してる

（小山美由紀・女・31歳）

「不安しかなかったです」との作者コメントあり。確かに。「赤ちゃん」はどこへいったのか。「ドーベルマン」と仲良しなのか。

では、次に自由題作品を御紹介しましょう。

あの星は私の母でその横の星はおととい壊れたポット

（夏野誘里・男・15歳）

「母」は既に亡くなっているのだろうか。愛用の「ポット」と一緒に空に光っている「母」という発想に胸を打たれました。

針のない鼠に生まれ変わったら何をしたいだろうはりねずみ

（鈴木晴香・女・36歳）

「めいっぱい愛し合いたいんじゃないか」との作者コメントあり。そうか、「はりねずみ」は互いに遠慮しながら愛し合っているのか。

りさちゃんて、自分を呼ぶ人だったっけ？
テントウムシの白かった夢

（大宅穂波・女・19歳）

「自分のことを名前にちゃんをつけて呼ぶような人じゃない人が、夢の中でそう言ってて不思議でした」との作者コメントあり。「ちゃん」づけに「テントウムシの白かった」ことが組み合わされた時、詩の化学反応が起こったみたい。どちらも小さなことだけど、世界の細部が少しずつ違うってことは世界そのものが違うのだろう。

次の募集テーマは「商店街」です。先日、下町の商店街に行ったらコロッケが一個二十五円でびっくりしました。しかも、チンチンドンドンと音楽が聴こえてきて、タイムスリップしたのかと思った。最近は活気のある商店街は珍しい。色々な角度から自由に詠ってみてください。楽しみにしています。

また自由詠は常に募集中です。どちらも何首までって上限はありません。思いついたらどんどん送ってください。

テーマ

おしゃれ

今回のテーマは「おしゃれ」です。投稿作品の多彩さから、昔よりも概念の幅が広がっていることを感じました。

ブラウスの刺繍を姉に直されてさよならヒナギクもう着られない

（月館桜夜子・女・54歳）

「自分の着ていたものに他人の手が入ると、もう自分のものではなくなってしまった気がします」という作者のコメントがありました。「さよならヒナギク」というフレーズが魅力的。状況の説明以上の思いがこめられているようです。

ゴレンジャーで言うならキレンジャーばかり集まったので笑笑で飲む

（関根裕治・男・46歳）

「キレンジャーばかり」が集まるのも面白いけど、その飲み会が「笑笑」ってところがさらにいいですね。おしゃれな店じゃ駄目なんだ。

あなたには見えないでしょう今わたしすっごくベルトがねじれているの

（金子怜沙・女・17歳）

この言葉が生み出す奇妙なときめきはなんだろう。「ねじれている」のが心でも下着でもなく「ベルト」って微妙さがいい。見えなくはないはずだけど、「あなたには見えない」んだ。

愛されることとはなんだ全身の毛根殺して戦いの夏

（ぽん・女・28歳）

脱毛を「全身の毛根殺して」と云い換えたことで、本質が見えてきました。「愛される」ために自分の一部を殺す行為。

無人駅しずかに文字も錆びてゆく「ようこそ、お洒落ニットの町へ」

（テッ・男・42歳）

「いくつかの織維工場と県織維協会本部のある、大きな駅から3つとなりの小さな町でした」との作者コメントあり。なんて淋しい「お洒落」なんだろう。でも、その淋しさに惹かれてしまいます。

姿見の前に立つたびあのひとに会いたくないと思ってしまう

（川元ゆう子・女・37歳）

「あのひと」のことを好きなら好きなほど「会いたくない」という矛盾。どうでもいい人になら会えるのに。

赤道を越えて着替えるタキシード船長の大声が聞こえて

（曾根毅・男・44歳）

豪華客船内でのパーティでしょうか。海の上のおしゃれは陸上のおしゃれよりもハイレベルな世界に思えます。

オシャレだと思って着てたTシャツはだんだん小さくなり犬の服

（上羽菜美・女・17歳）

「Tシャツ」が縮んだのか、いや、体の方が大きくなったんだろう。「犬の服」って終わり方がいい。五七五七七の音数に合わせて読んだ時の「だんだん小さく／なり犬の服」というリズムも、ぶつんと途切れるような効果を強めているようです。

校則を知りつくしている美容師の秘伝のセットでとおる校門

（内山佑樹・男・34歳）

おしゃれならおしゃれなほどいいとは限らないケースがある。ぎりぎりOKのラインを見きわめてくれる「美容師」も、その学校の卒業生なのかもしれません。

では、次に自由題作品を御紹介しましょう。

スライドの前に立つなよ白妙のシャツが数字を歪ませて夏

（いぃ・女・20歳）

教室か会議室の光景でしょうか。説明者自身の「シャツ」に「数字」が映ってしまっている。その屈折した美しさが新鮮な「夏」の季節感を作り出した。

葬式でドラえもんの着メロとバレたおじさんと友達になりたい

（こじか・女・16歳）

「葬式」で「ドラえもんの着メロ」というギャップの味わい。不注意で不謹慎で子供っぽい、そんな「おじさん」なんだろう。

おしっこを畑でしてた叔母さんが祭りの夜に別人になる

（織部壮・男・52歳）

「畑」の「おしっこ」姿と「祭りの夜」の妖艶さ、その「別人」ぶりに衝撃を受けてしまった。ギャップが短歌を生み出すってパターンがあるみたいです。

歯がいつも濡れていること頬はその内側だけが濡れていること

（鈴木晴香・女・36歳）

改めて言葉にされると不思議議で、すこし怖いような気持ちになりますね。確かに「頬」は「内側だけ」が「濡れている」。目も鼻も口も、生きていることは体の「内側」が「濡れている」ことなんだ。「歯は乾いている方が似合っている」との作者のコメントがありました。

次の募集テーマは「日記」です。私は夏休みの絵日記くらいしかつけたことがないんだけど、他人の日記には興味があります。なんとなく昭和の習慣ってイメージがあるんだけど、そうでもないのかなあ。ツイッターやインスタグラムが現代の日記なのかも。色々な角度から自由に詠ってみてください。楽しみにしています。

また自由詠は常に募集中です。どちらも何首まででって上限はありません。思いついたらどんどん送ってください。

テーマ

商店街

今回のテーマは「商店街」です。シャッターとコロッケの歌が多かったかな。いつよりも投稿される作者の年齢層が高かったみたいです。

商店街五円のつかみ取り終えて友は血だらけ手首で帰る

（ヒポユキ・男・54歳）

そういえば「商店街」のイベントに現金の「つかみ取り」というものがありました。今考えると野蛮にも思えるけど、そこが面白い。独特な角度から描かれたノスタルジーというのか。箱の穴が小さいのに「友」は無理矢理引っこ抜いたんだろう。

好きだった焼きいも屋台がスーパーに格納されてなぜか買わない

（川崎香里・女・31歳）

そういうことってありますね。実質は変わってないはずなのに、それよりも大事な何かが変わってしまったんだろう。「格納」という云い方が面白い。

斉藤に整骨院で出くわして教室にいる時よりやさしい

（川元ゆう子・女・37歳）

「斉藤」は同級生だろうか。微妙な年頃の心の動き。病院や床屋ではなく「整骨院」というところに町の雰囲気が感じられます。

いつまでも閉店セールやっているお店に通って大人になった

（松本尚樹・男・31歳）

「大人」になるまで「閉店セール」をやってるって凄いなあ。関係ないように見えて人格の深いところに影響を与えているのかも。

三年間通ったけれど駄菓子屋のおばちゃんおれを忘れ続けた

（土居健悟・男・29歳）

とうとう「おばちゃん」に覚えてもらえなかった、ではなくて、「おばちゃん」が「忘れ続けた」というところがいい。

くちびるをあぶらまみれにしてあるくあなたと夏の商店街を

（東こころ・女・40歳）

コロッケの買い食いでしょうか。すごくおいしく感じますよね。「くちびるをあぶらまみれにしてあるくあなたと」という平仮名表記が描かれた内容と響き合っているようです。

文鎮をお金に換えてくれる手がひそむ小窓の奥の暗黒

（たろりずむ・男・43歳）

パチンコの換金所の歌だろう。商店街の怪しい部分が描かれている。パチンコとか換金所という言葉を使わずに「文鎮をお金に換えてくれる手がひそむ」としたことで、日常の文脈が解体されて不思議な詩が生まれています。

合いびき肉買えば見知らぬこの町の誰かの妻になれる気がして

（鈴木美紀子・女・54歳）

デパ地下やスーパーよりも商店街のお肉屋さんが目に浮かびます。「合いびき肉」の日常感が作り出したパラレルワールド。私も電車やタクシーよりも見知らぬ町のバスに乗っている時、ここに住むもう一人の自分を想像することがあります。

目に見えない風を私に見せている電器屋の紐つき扇風機

（多田なの・女・20歳）

あの「紐」には「電器屋」における実際的な役割がある。でも、それを「目に見えない風を私に見せている」と表現したことで、もう一つの世界が現れました。

では、次に自由題作品を御紹介しましょう。

起きてていいことないと言い残し寝室へゆく父22時

（小林晶・女・36歳）

ぎりぎりのユーモアというか可笑しみが滲んでいる。その背後に「生きてていいことない」が透けて見える気がするのは「言い残し」という言葉の効果なのだろう。

そうここはドリンクバーだけで五時間ねばった人が集まる地獄

（北城椿貴・女・29歳）

この感覚はわかる気がする。「ドリンクバーだけで五時間」ねばることは犯罪ではない。ただ、心が「地獄」モードになってしまうだけ。

盗まれたパチンコ店の自転車はパチンコ店に次の日並ぶ

返してくれたわけではなく、普通に自分の「自転車」として乗ってきたのだろう。悪いことをしたという気持ちも、見つかるかもしれないという怖れもない。現実の凄さを感じてしまいます。

（シホ・女・47歳）

灼熱の陽射しを浴びる紫陽花が置いていかれたわたしのようだ

（早川小夜子・女・17歳）

「まるで季節から遅れてしまった、というような様子を感じました」という作者のコメントがありました。その「紫陽花」が「わたし」の存在を照らし出す。「置いていかれたわたしのようだ」の真っ直ぐさに惹かれました。

次の募集テーマは「歯」です。なんか今、痛いんです。歯医者さんがこわくて気のせいだと思おうとしてるんだけど。人間の歯って五回くらい生え替わる仕組みじゃないと一生はもたないんじゃないかなあ。色々な角度から自由に詠ってみてください。楽しみにしています。

また自由詠は常に募集中です。どちらも何首までって上限はありません。思いついたらどんどん送ってください。

テーマ

日記

今回のテーマは「日記」です。ノスタルジックでロマンチックな作品が目立ちました。鍵付き日記の歌がくるかなと思ったけど、意外に少なかった。

絵日記をのこさず山羊が食べたので山羊を連れてく九月一日

（関根裕治・男・46歳）

夏休みの宿題としての「絵日記」ですね。食べられるだけじゃなくて「連れてく」ところが面白い。「山羊」と一緒に登校する新学期。先生はどんな顔をするだろう。

母の古い読書日記に「クリスティは美男か美女が犯人」とあり

（原田・女・45歳）

なんだか、どきっとしますね。その言葉の中に、自分の知らない若き日の「母」の横顔を見つけた思いがしたのでしょう。

アフリカで原因不明の熱病にかかる患者の役をもらえた

（たろりずむ・男・43歳）

謎めいた魅力を感じました。日記の中の一行が、そのまま短歌になっているみたいです。「たぶん死にますが医療ドラマに欠かせない重要なエキストラです」との作者コメントあり。

日が暮れて駅前ガストで黙り飯 誰かの日記に我が名はありや

（オリヒロ・男・53歳）

「後世に名を残すことはないだろうが、今まで誰かの日記に登場したことくらいはあるだろうか」という作者のコメントあり。インターネットならエゴサーチができる。でも、「日記」の中までは誰も入ることができない。そこにいる自分に会ってみたい気がします。

絵日記のクレヨン溶ける次ページの鏡となりし原爆記念日

（あべべ・女・65歳）

「夏やすみの忘れてはいけない一コマ」という作者のコメントがありました。その「ページ」には、永遠に何も書き込めないのかもしれない。

今日は空がきれいだったと書いたときにきれいな空が見えなくなった

（北山文子・女・24歳）

不思議な実感がありますね。言葉にしたとたんに失われる何かがあるのだろう。まして、写真に撮ってしまったら。

だんだんと言葉遣いが神様に近づいていく闘病日記

（えんどうけいこ・女・44歳）

「神様」の「言葉遣い」なんて知らない。にも拘わらず、なんとなくイメージできてしまいます。精神が透明になってゆくのでしょうか。

では、次に自由題作品を御紹介しましょう。

雷をひかりと音に分ける時どちらが躰なのだろうかと

（鈴木晴香・女・36歳）

意表を突かれました。確かに「雷」には「ひかり」と「音」という二つの要素があって、同時だったり、ズレていたり、片方だけだったりしますね。「ほんとうは分けられないのだろう。私たちの心と躰がそうであるように」という作者のコメントがありました。

あんなにも厳格だった父親が野次馬のなか火事を見ていた

（織部壮・男・52歳）

生々しい一首。「何かいけないものを見てしまったような気がして、逃げるように家に帰りました」との作者コメントあり。確かに、酔っ払っていたとか、パチンコをしていたとか、女性といちゃいちゃしていたとかよりも、もっと深いレベルでの怖さを感じます。

飲みかけのペットボトルが溜まってくいつかしぬのになんでがんばる

（涌田悠・女・27歳）

「飲みかけのペットボトルが溜まってく」、そんな日々のやるせなさが「いつかしぬのに」という思いに結びついて説得力があります。

雪中に置き去りにした野良猫に真昼八月見つけられたり

（ポンポンダリア・女・62歳）

「コペンハーゲンに住んでいます。その日はマイナス15度くらい。それなのに猫を保護しなかった。その猫が生きていて、私を見ました。真夏に」との作者コメントあり。ただ猫に見られただけ。でも、その目を想像すると怖い。

目が覚めて指差し確認ゴキブリの死骸はまだあるちゃんと死んでる

（栗原夢子・女・24歳）

生き返るはずはない。でも、「ゴキブリ」の生命力を考えると不安になってしまうんだろう。「ちゃんと死んでる」という云い方に実感がありますね。

花火から花火へと火を移すとき同じ風《おんな》に包まれていた

（曾根毅・男・44歳）

「花火」には一つの時間と場所を分け合っている感覚がある。「同じ風」という表現がそれを強めているようです。

次の募集テーマは「エレベーター」です。その中に入って、扉が開くと、目の前の世界が変わっている不思議な箱。エレベーターガール・ボーイは珍しくなりました。色々な角度から自由に詠ってみてください。楽しみにしています。

また自由詠は常に募集中です。どちらも何首までって上限はありません。思いついたらどんどん送ってください。

テーマ

歯

今回のテーマは「歯」です。虫歯、歯医者、八重歯、歯磨き、歯車についての歌が多かったです。

ミッキーとミニーには歯が無いけれどわりとなんでも食べるみたいだ

（古賀たかえ・女・39歳）

この怖さはなんだろう。「ミッキーとミニー」の「歯」について考えたことはなかったけど、改めて言葉にされると不安になります。〈設定〉がすべてという世界に現実の尺度は通用しない。

わたしのは一つもないが犬の歯は抜けたの全部もっているママ

（藤浪星叶・女・21歳）

愛と所有に関わるホラー。その事実に気づいたら説明できないショックに襲われそう。「私はいつか離れるけれど、犬は生涯ママのものだからかな、と大人になって思っています」という作者のコメントも面白い。

公園のジャングルジムの上に立つ男の子には前歯なかった

（三島海・男・17歳）

「公園」「ジャングルジム」「男の子」「前歯」と徐々にクローズアップされてゆく言葉の組み立てが効果的。最後に「なかった」で終わるところも。

友達の話していると見えてくる笑った時のかわいい八重歯

（清水優衣・女・16歳）

「友達」と話している時にその子の「八重歯」が見えるのは普通のこと。そうじゃなくて、目の前にはいない「友達」の話を別の誰かとしている時、その子の「八重歯」が心の中に「見えてくる」んだろう。

歯みがき粉つける量は違っても僕はあなたと生きていきたい

（多賀みなみ・女・34歳）

些細なことのようだけど、案外そういう生活様式の細部にこそ人間の本質が表れるのかもしれません。

突然の友の来訪喜びて入歯忘れて相会う我は

（大正の乙女・女・94歳）

「入歯」を忘れて会うほどの喜びという表現を初めて見ました。そのシーンを想像すると微笑ましい。

車窓から見える景色は抜歯屋がペンチをならべ微笑むインド

（大西ひとみ・女・52歳）

そんな商売があるとは。圧倒的な文化のズレに爽快感すら覚えます。もちろん、自分は「抜歯屋」の御世話にはならないという前提で。

前回と同じものかもしれぬ歯医者のネーム入りスリッパを履く

（公木正・男・43歳）

神様の視点で見れば「前回と同じもの」かどうかわかるだろう。でも、その次元の能力を持たない我々は地上に蠢いて「歯」を治したりしているのだ。

近いうちきっとすべてが電動になる歯ブラシでなく歯の方が

（五十子尚夏・男・29歳）

想像してしまいました。便利なような怖いような面白いような……。「近いうち」という初句がアイロニカル。「歯ブラシ」が「電動」になってから「歯」がそうなるまでにかかる時間はどれくらいだろう。

では、次に自由題作品を御紹介しましょう。

そういえばあの日からずっと見ていない
あの日までずっと見ていた夢を
（槇・女・57歳）

「東日本大震災の前までよく見ていた夢を、震災後にはまったく見なくなったと気づいた」という作者のコメントがありました。「あの日」から繰り返し同じ夢を見るようになったのではなく、その逆というところに謎の深さを感じます。

人間の首って結構曲がるんだ電車の向かい
居眠りする人
（斉藤さくら・女・35歳）

「電車の向かい」という距離感と関係性が生み出した感慨の即物性がいい。

水筒に水と氷をめちゃくちゃな比率で入れて行く絵画塾

（ありあけ太郎・女・18歳）

「めちゃくちゃな比率」と「絵画塾」の組み合わせにきらきらした生命力を感じます。でも、適切な「比率」ってあるのだろうか。

スカートを折って初めて教室の声を聴いてる太ももが照れてる

（あんず・女・18歳）

いつもと同じ「教室」。でも、「スカート」を少し「折って」いるだけで、新しい世界に来ているような感覚があるのだろう。

冬の日の感じで押したオロナイン親指おでこおへそにおすそわけ

（青葉・女・24歳）

「冬の日の感じで」がリアル。実際には冬じゃなかったから出過ぎたんだろう。「押した」「オロナイン」「親指」「おでこ」「おへそ」「おすそわけ」とオ音で揃えた響きもいいですね。

次の募集テーマは「おにぎり」です。子どもの頃、遠足で食べたおにぎりが懐かしい。コンビニで最近よく買うのは和風ツナです。色々な角度から自由に詠ってみてください。楽しみにしています。

また自由詠は常に募集中です。どちらも何首までって上限はありません。思いついたらどんどん送ってください。

テーマ

エレベーター

今回のテーマは「エレベーター」です。移動すること以上に密室ってところが短歌的にはポイントになるみたい。

九階でドアがひらいて俺をみた女子高生がマジか乗らない

（折戸洋・男・53歳）

「ショックでした」という作者のコメントがありました。わかります。「マジか乗らない」というフレーズの、特に「マジか」の挿入タイミングが最高。その瞬間の衝撃が伝わってきました。

三角が向かい合う閉のボタン押し「ちょうちょはしまる」とつぶやいてみる

（都鳥・女・50歳）

それは実用的な意味をもつ言葉。でも、もしも遠い未来に社会からエレベーターという装置が消滅したら、「ちょうちょはしまる」が「閉」ボタンのことだとわからなくなって謎めいた呪文に見えるだろう。「蝶々は閉まるってどういうことなんだろう？」と。逆に云うと、今、呪文めいて感じられる古の言葉たちも遠い昔は明確な意味を持っていたのかもしれない。

1分が経って気づいた本当は行きたいところなんてないんだ

（エリ香・女・21歳）

ボタンを押し忘れていたのでしょうか。慌てて押すのではなく「本当は行きたいところなんてないんだ」という思いに向かうところが新鮮。「自動エレベーターのボタン押す手がふと迷ふ真実ゆきたき階などあらず」（富小路禎子）。半世紀前のこんな歌を連想しました。

ゆめぴりか五キロを買って帰ったらエレベーターがメンテナンス中

（関根裕治・男・46歳）

重いですね。部屋は何階なんでしょう。「ゆめぴりか」というお米の名前が「メンテナンス中」とどこかで響き合っているようです。「コシヒカリ」や「あきたこまち」より面白い。

ガラス張りエレベーターは15階小さく見える天橋立

（高澤星香・女・17歳）

近未来的な「ガラス張りエレベーター」と歴史的な「天橋立」の、時間及び空間的な対比に不思議な美しさがあります。

数字から数字へひかりが移るときどこにもいなくなる一瞬が

（鈴木晴香・女・36歳）

階数表示の「ひかり」が移ってゆく際に、消える「一瞬」があるんだろう。その時、エレベーターの箱自体がこの世から消えるように感覚されている。

混んでいるエレベーターのひらくとき明らかにわかる次にして感

（北村妃奈子・女・17歳）

満員の電車なんかでもありますね。誰もが味わったことのある感覚なんだけど、それを「次にして感」と表現したところがいい。

では、次に自由題作品を御紹介しましょう。

空に飛行機の光が動かない向こう向こうへいっているんだ

（かき・女・21歳）

なんだか、はっとしました。「向こう向こうへいっているんだ」というフレーズに「光が動かない」ことの説明を超えた魅力を感じて。

この世界、アイスはずっと溶けなくて　君の代わりに鳩が死んでる

（あんず・女・18歳）

時間の流れか物理法則か因果律か、何かが狂っていて、けれどもその正体がわからない「世界」。青春という時空間に似ています。

あと1回10秒見たら描けそうだ東北楽天イーグルスの茂木

（槇・女・57歳）

私は野球に詳しくないんだけど面白い。「あと1回10秒見たら」の本気感。また、どうして「茂木」なのか、そもそも何故描こうと思うのか、そういう説明が一切無いところもポイント。「茂木選手が映るたびに描けそうでペンをとりますが、描き込もうとすると試合進行してしまうので」という作者のコメントもよくわからないけど最高。

神隠し年齢制限ぎりぎりでカルピスウォーターごくごくのむ夜

（大橋凜太郎・男・21歳）

「神隠し」に「年齢制限」があったのか。そこを超えたら、もう安心。いや、作中の〈私〉は今ならまだ「ぎりぎり」間に合うと感じているのかもしれない。

繰り返し繰り返されている地獄　砂時計の中に一匹の蟻

（斉藤さくら・女・35歳）

鮮烈なイメージ。そういえば「砂時計」は、素材も構造も蟻地獄とよく似ていますね。

次の募集テーマは「アルバイト」です。私はアルバイトが怖くてずっとできませんでした。結局、試みたのは、さくらんぼ摘み、新聞社の雑用、教材販売、工業用タンクの清掃、家庭教師。三日以上続いたものは少なかった。色々な角度から自由に詠ってみてください。楽しみにしています。

また自由詠は常に募集中です。どちらも何首までって上限はありません。思いついたらどんどん送ってください。

テーマ

おにぎり

今回のテーマは「おにぎり」です。食べたことのない日本人はいないくらいの存在感。共通体験があるから、読んでいても面白いけど、その一方で、似た歌になりやすいという難しさも。

母の手をちょっとはなれておにぎりが空中にある時間があった

（式守操・男・54歳）

目に浮かびます。「おにぎり」が純粋な存在として空中にある、その一瞬の不思議な眩しさ。

開封の手順1で道を逸れた僕には手順2も3もない

（山崎柊平・男・24歳）

「着替え途中みたいなおにぎりによくなってしまいます」という作者のコメントがありました。最初に間違えるとリカバリーできないんですよね。たぶん物理的には可能なのかもしれないけど、心理的に無理になる。おにぎりという言葉を使わないことで、それ以上の大きなものに繋がる歌になりました。

白米にダイブしたまま窒息死したかのような天むすの海老

（関根裕治・男・46歳）

そう云われると、そう見えてくる。尻尾がおにぎりの外部に出ているってところがポイント。でも、精密な現場検証の結果、それは偶然の手による偽装工作だということがわかりました。時系列が違うんだ。

これなあにソーセージだよ母が言う責められるようなものじゃないわと

（磯島ちかげ・女・15歳）

「朝、出されたおにぎりに細かく切ったソーセージが入ってて、なんか不思議でした」という作者のコメントあり。「責められるようなものじゃないわ」というお母さんの言葉の奇妙な色っぽさに惹かれました。おにぎりに入れて責められるものと責められないもののラインはどこにあるんだろう。

家庭科の授業で好きな子が作るおにぎりを遠くから見つめる

（土居健悟・男・29歳）

これが他の料理では歌が成立しない感じがします。手で握るからか、一つで完結しているからか、遠くからでもはっきり見えるからか、「おにぎり」は「好きな子」の手が生み出した小宇宙というイメージ。

かつおっていつからおかかになるのかな謎を解くためおにぎりは行く

（えや実・女・21歳）

結句の「おにぎりは行く」に痺れました。〈私〉が行くんじゃないところが最高。

では、次に自由題作品を御紹介しましょう。

「うさぎ　鳴き声」で検索を〈手術中〉ランプの照らす廊下の隅で

（鈴木美紀子・女・54歳）

「家族の手術中の待ち時間の過ごし方が分からず、無意味なことばかりを繰り返していました」との作者コメントあり。〈手術中〉なのにただ待っていることしかできない〈私〉の無力感が「うさぎ鳴き声」と響き合っているようです。

さみしいをさびしいにする先生よ　ひとりっきりってこういう気持ち

（金子怜沙・女・18歳）

「さびしい」では表現できないさみしさがある。「先生」はそれを知らないのだろうか。そんな「気持ち」のこもった「ひとりっきり」も、ひとりきりに直されそうだ。

非常口。どこへ逃げるの世界から同じみどりに染まったままで

（山川新・男・33歳）

逃げようとしている人の色に注目した一首。「同じみどり」であるかぎり、どうしてもあの「世界」の一部なんだろう。「逃げたら白くなれるのかな」という作者のコメントがありました。

野っ原の石屋の置き場でつるつるの出荷のまだない名のない墓石

（枕豆・女・31歳）

未完成の「墓石」。それはこれから死ぬ誰かのために存在している。「その無地のつるっとした墓石の面をいつも自転車で横を通るたび凝視してしまいます」との作者コメントあり。見えるはずがないものを見ようとする。それは未来という運命の凝視なんだろう。「つるつる」のところに「名」が記された時が「墓石」の完成なんだ。

中腰で御鈴を連打してる母　父との試合終了したか

（槇・女・57歳）

「あまり仲の良くなかった父母。父の死後、認知症の母が仏前で御鈴を大音量で鳴らしていました」との作者コメントあり。「試合終了」のゴングという見立てでしょうか。初句の「中腰で」が効いている。「連打」はもちろんだけど、普通はその姿勢では鳴らさないものだから。場の光景を想像すると、怖いような、切ないような、複雑な気持ちになります。

次の募集テーマは「舌」です。人体の中でも特別な器官というイメージ。五感のうちの味覚はそこにしかない。性的な場面でも重要な役割を果たす。口内炎ができやすくて困ります。色々な角度から自由に詠ってみてください。楽しみにしています。

また自由詠は常に募集中です。どちらも何首までって上限はありません。思いついたらどんどん送ってください。

テーマ

アルバイト

今回のテーマは「アルバイト」です。独特の生々しさがあってよかったです。普段は隠されている世界の細部に触れる感覚。

そんなこともできないのかとあきれられどんなことかもわからずにいる

（うめ・女・20歳）

絶望感が伝わってきます。「できない」にも、さまざまな段階というかレベルがあるんですね。「そんなこと」が「どんなこと」かもわからないのは純度の高い「できない」なんだ。

ローソンと佐川急便かけもちで夜は縦縞昼は横縞

（関根裕治・男・46歳）

制服の「縞」という観点からすべてを捉え直した時、もう一つの世界が見えてきました。

肉体がほとんど「廃棄」でできているコンビニバイト勤続二年

（二戸詩帆・女・29歳）

その人が食べてきたものがその人自身を作る、みたいな決まり文句がありますよね。その理屈でいうと、「廃棄」用の食料を処理し続けてきた「コンビニバイト」の「肉体」は、見た目がどんなに若くて元気そうでも「廃棄」なんだ。

海の家でオセロを売っていましたと夏の終わりにあなたは笑う

（五十子尚夏・男・29歳）

短い物語のような一首。その中に出てくる「あなた」のオーラに惹かれます。「海の家」でヤキソバやかき氷やサンダルやビーチボールを売るのではなく、「オセロ」ってところに謎と魅力がある。ささやかな別世界感というか、わざわざ海に来て「オセロ」をする人っているのだろうか。

もう一人同じ名字の人がいる時は名字で呼ばれる私

（たろりずむ・男・43歳）

下の名前で呼びやすいタイプといつまで経っても「名字」で呼ばれてしまうタイプがいますよね。前者はなんとも思わないけど、後者は傷つく。でも、周囲の自然なジャッジだから口には出せない。どうせなら、絶対に誰ともかぶらない珍しい「名字」がよかった。

ねこカフェのバイトはとても簡単で、1.ねこになる2.にゃーにゃにゃあ

（ねこキャン太郎・男・29歳）

「ねこカフェのバイト」ってもしかして店員じゃなくて「ねこ」の方なのか。「1.」でねこになったら猫語がわかるようになるから、「2.」の内容が理解できるってことかなあ。

毒林檎に歯形をつける仕事なら任せてください子年《ねずみどし》なんで

（小山美由紀・女・31歳）

そんな「仕事」があるのか。「子年」だとうまくできるのか。「毒林檎」の「毒」は大丈夫なのか。瞬時に幾つもの疑問が生まれる。ということは、もう歌の世界に引き込まれている証。

夜に見る青空の絵が清掃のバイト帰りの静かな記憶

（曽根毅・男・44歳）

「夜に見る青空の絵」と「清掃のバイト」という組み合わせがいい。詩情とリアリティを生み出しているようです。

ドトールを持ってスタバに出勤す　反旗、反旗の六連勤よ

（荒川裕香・女・21歳）

そういうことってありそうでなさそうで、でも、たぶん実際にあるんだろう。「反旗、反旗の六連勤よ」というリズムがいいですね。

いちごのないショートケーキが何台も流れてここはGoogleのそと

（鈴木晴香・女・36歳）

「ショートケーキにいちごを乗せる仕事は、この世から隠されていなければならないだろう」という作者のコメントがあった。「いちごのないショートケーキ」が次々に流れてくる世界。そこは現実の外ではない。でも、ほとんど現実と重なりつつある「Google」の外なのか。

では、次に自由題作品を御紹介しましょう。

「クタクタの野菜たちが好きなんです」週に一度言うHさん

（千利休・女・21歳）

「クタクタの野菜たちが好きなんです」がいい。想像では思いつけない言葉って気がします。自分では繰り返しているという自覚がないまま、何度も繰り返してしまう言葉ってありますよね。私は焼き肉のハラミを食べるたびに「昔はこれ知らなかった」と云うらしいです。

なぜかもう一部は砂になっていた　大事なものだけ集めた小箱

（山本真琴・女・31歳）

「小箱」の中身が全部「砂」に変わっていたのではなくて、「一部は砂になっていた」ってところに臨場感がありますね。

次の募集テーマは「煙草」です。時代の流れとともに位置づけが大きく変わったモノの一つですね。昔の映画などを見ると登場人物が吸いまくっていてびっくりします。こんなだったかなあ。そういえば、動くアクセサリーとも云われていた。色々な角度から自由に詠ってみてください。楽しみにしています。

また自由詠は常に募集中です。どちらも何首までって上限はありません。思いついたらどんどん送ってください。

テーマ

舌

今回のテーマは「舌」です。キスの次くらいにキリンの歌が多かったのが意外でした。現代では舌と云えばキリンなんですね。それから定番のアインシュタイン。

なぜ舌を出しているのよ本当はバカなんじゃないアインシュタイン

（はるな・女・20歳）

「小学生の頃、アインシュタインの写真が怖くて仕方がありませんでした」という作者のコメントがありました。常識を超えた天才だからこそ「舌を出している」という世間の思い込みをあっさりと打ち砕いた一首。声に出して読むと「バカなんじゃないアインシュタイン」というリズムも面白い。

吉野家に三人並ぶ平成の舌戦後の舌戦前の舌

（あんまさ・男・47歳）

現実の光景としては、三世代揃った家族が牛丼を食べているだけ。でも、それを「平成の舌戦後の舌戦前の舌」と云い換えた時、もう一つの世界が生まれました。たぶん、どの舌にとっても牛丼はうまいんだろう。

宛名書く母の姿を見つけたら舌を垂らしてただ待っている

（タカノリ・タカノ・男・28歳）

一種の条件反射というか、切手を湿らせるための「舌」になってしまうんだ。「母」と〈私〉の関係性の怖さに惹かれます。

ガソリンがとびこんできたぼくの目をぐりぐりなめた舌はまだある

（式守操・男・54歳）

「父は咄嗟に、わたしの目を指でひろげて、眼球に舌先を押し付けた」という作者のコメントがありました。応急処置ですね。その人が生きていることを「舌はまだある」と表現したところがいい。

舌を出す部長を見てしまった日に何かが壊れ何かが生まれた

（甘酢・女・41歳）

「部長も舌を出すのか…」という作者のコメントがありました。「舌」って微妙に見てはいけないパーツって気がします。内臓の仲間だからでしょうか。

早起きで機嫌が悪く文句言う舌が回らず聞き取りにくい

（小西彩加・女・17歳）

臨場感がありますね。何を云ってるのかわからないけど、そのこと自体がメタレベルで「機嫌」の悪さを伝えてくる。

恋人に舌差し出せば冬空で一番明るい星の冷たさ

（加藤綾那・女・25歳）

キスを詠った作品は多かったけど意外に難しいみたいでした。でも、この歌はよかった。差し出すという云い方。また、明るい星の温かさではなく、暗い星の冷たさでもない。「明るい星の冷たさ」というところに聖性が宿りました。

舌にあるいちごアイスが溶けぬ間にトーストのせる朝が美味なり

（はこべ・女・80歳）

語順がいいですね。その効果によって、「いちごアイス」でも「トースト」でもなく、それらのすべてを含んだ「朝」が「美味」という感覚が生じました。

けんかして鳴らしてしまった舌打ちをごまかすように6連続で

（岡本真歩・女・17歳）

なんだかわかります。一回ではただの「舌打ち」。でも、「6連続」にすれば別の何かに変わるような、そんな感覚。

では、次に自由題作品を御紹介しましょう。

ロッテリアどこにあるって聞かれたら九十九年の夏の新宿

（鈴木晴香・女・36歳）

「あの夏の、あの店以外、私にとっては抽象的なロッテリア」という作者のコメントあり。どこの町でも見かけそうなチェーン店であることが、たった一つの「ロッテリア」の特別さを際立たせる。誰の胸の中にも、そういうあの夏やあの店があるんだろう。再び訪れるためには時を遡るしかない。

思い出がインターネットの海をゆくログインできなくなったmixi

（midori・女・25歳）

「もう再生する術のない画素の粗い思い出たちがあの箱のなかで眠っています」との作者コメントあり。もしかしたら、人間の脳もあまり変わらないのかもしれませんね。二度と再生されることのない「思い出」たち。

次の募集テーマは「昔話」です。桃太郎、浦島太郎、舌切り雀、雪女、わらしべ長者、シンデレラ、赤ずきんなど東西を問いません。「桃太郎と金太郎と勝負することなしされどああ少し金太郎好き」（馬場あき子）なんて面白い歌があります。色々な角度から自由に詠ってみてください。楽しみにしています。

また自由詠は常に募集中です。どちらも何首までって上限はありません。思いついたらどんどん送ってください。

テーマ

煙草

今回のテーマは「煙草」です。煙草とは人間を、世界を二つに分けるものなんですね。

「吸いすぎちゃいかんけんね」と棺桶に祖母は煙草を一本入れた

（おり・女・17歳）

「祖父の棺桶には煙草が入っていました」という作者のコメントがありました。箱ごとではなく「一本」というところに胸を打たれます。天国ではもう健康に気を遣うこともないはずなのに。

帰省するバスターミナルの便座の焦げた痕から遠く離れて

（公木正・男・44歳）

奇妙に生々しい臨場感がある。テレビとも雑誌ともネットの世界とも違う、我々の現実はこういう「映えない」感覚の連続から成り立っている。

人はみな朝日を仰ぐ祭礼のようなる路上喫煙どころ

（岡村還）

人々が「路上喫煙どころ」に集まって吸うようになってから、そこは一種の聖域めいた雰囲気を帯びるようになった。「朝日」の中に漂う煙が非現実的な儀式のようだ。

この頃は煙草いややいややみんないやけれども
わたし夢で吸ってる

（沼田花・女・29歳）

「吸ったことはないけれど」との作者コメントあり。みんながいやがるとわかっていることを「夢で」してしまうところが面白い。これが「こっそり」などでは駄目だと思う。

吸う吸わない吸う吸う吸わない吸う吸わない歴代ライダー その中の人

（ようみのる・男・29歳）

「頭の中でずらりと歴代ライダーを並べて指差し確認をしてみました」との作者コメントあり。「吸う」「吸わない」以外の属性が、すべて無視されているところがいいですね。

では、次に自由題作品を御紹介しましょう。

かつおとかまぐろの味のものばかりすずめやカエル、セミ味はなし

（斉藤さくら・女・35歳）

キャットフードの歌だろうか。改めて考えてみると、自然界にいる時の猫は「かつお」や「まぐろ」を食べるどころか、出会う機会もないはずだ。実際に彼らが食べているのは「すずめ」「カエル」「セミ」など。にも拘わらず、それらの「味」のフードがないのは、人間にとってイメージが良くないという理由なのだろう。

ガソリンスタンドおもしろい服着てるからケンカしててもおもしろくなる

（雨月茄子春・男・25歳）

「おもしろい服」という表現は短歌としては緩いんだけど、この歌の場合はその緩さが逆に読者の想像力を刺激する効果を上げている。

効率良く人を詰めこむビルを抱き窓から舌を入れるアリクイ

（くろだたけし・男・54歳）

「ビル」とは「人」を食べやすくするために「アリクイ」が作り出した罠だったのか。批評性のある歌。

遅刻してスクリーンの前を横切った見知らぬ誰かの影こそ主役

（鈴木美紀子・女・54歳）

「映画の途中に割り込んできた〝現実〟という主役にはどんな物語もかなわないのだろう」との作者コメントあり。世界の見方を反転させた歌。「影こそ主役」という云い方がいいですね。

きみの眼鏡を割りたい白杖を折りたい盲導犬を食べたい

（岡田未知・女・28歳）

異様な歌。「眼鏡を割りたい」「白杖を折りたい」までは単なる暴力に思えるけど、「盲導犬を食べたい」で、そのラインを越えてしまった。例えば、これが「殺したい」では普通に駄目だが、「食べたい」となるとニュアンスが変わってくる。そこには「盲導犬」と一体化するイメージがあるんじゃないか。〈私〉は目の不自由な「きみ」のために「眼鏡」「白杖」「盲導犬」以上の何かになりたいのかもしれない。

ドアノブの美しい家に帰ろうよ夜ごとのフルーツバスケット

（鈴木晴香・女・36歳）

「どうして毎日同じ家に帰らなければいけないのか。どうして家族は一緒に住むのか。たまには、素敵だなあと思う家に帰ったっていいじゃないか。親にいじめられている子は、好きな家に帰れたらいいのに」という作者のコメントあり。その感覚を「夜ごとのフルーツバスケット」と表現したところが魅力的ですね。ドアではなく「ドアノブ」というところも。

次の募集テーマは「消しゴム」です。小学生の頃から今日までに何個買ったかわからないけれど、一度も最後まで使い切ったことがない気がします。色々な角度から自由に詠ってみてください。楽しみにしています。

また自由詠は常に募集中です。どちらも何首までって上限はありません。思いついたらどんどん送ってください。

昔話《テーマ》

さて、今回のテーマは「昔話」です。遠い昔話を自らに引き付けて異化する作業はけっこう難しかったみたいです。

玉手箱少女が拾い貝殻をいっぱいつめて祖母に持ってく

（池田裕理・女・31歳）

昔話のその後を描いた作品。空っぽになった「玉手箱」を拾った「少女」は、その中に「貝殻」をつめる。「少女」と「祖母」にとってはただの綺麗な箱でしかない。浦島太郎の奇蹟的な運命との対比によって、平凡な時の中の平凡な優しさがいっそう心に沁みる。

セラミック包丁折れてなるほどねカボチャの強度は馬車に向いてる

（川元ゆう子）

シンデレラですね。「セラミック包丁」が折れるという目の前の現実によって、昔話のリアリティが検証されるところが面白い。

「短いの似合う」と撫ぜられた髪が背中にゆれて昔話だ

（古瀬葉月・26歳）

「背中にゆれて」ということは、その「髪」も今はもう長いんだろう。愛のエピソードが「昔話」だったことがわかる。一瞬で時間が経った感覚を生み出す文体がいいですね。

赤ちゃんになるまで泉の水を飲むじいさんが待つことは忘れて

（外川菊絵・女・46歳）

若返りの「泉」の話。主語がないところが面白いけど、たぶん、ばあさんなんだろう。先に「じいさん」が若返って、その話を聞いたばあさんが自分もと思って泉に出かけていく。「じいさん」を忘れるほど夢中で飲む姿を想像します。「美意識はいつも自分のためなんだと思います」という作者のコメントがありました。

新品の本の匂いにくるまれて昔話をもう一度読む

（有村一花・女・36歳）

「大人になってもう一度読みたくなり買いなおした本があります。30年ぶりに読む懐かしいお話の本から新しい本の匂いがするのが不思議でした」との作者コメントあり。昔話の遠い昔、それを読んだ

30年前、そして今。「新品の本の匂い」の中に三つの異なる時間が流れているところに惹かれます。

では、次に自由題作品を御紹介しましょう。

真っ白いジグソーパズル落ちており　ではなくすべて花びらだった

（toron*・女・28歳）

「ではなく」で一転するスタイルが比喩の魅力をさらに強めている。「花びら」を「ジグソーパズル」のように組み合わせたら何が生まれるのだろう。

シーソーが砂場になった公園にどうせどこかで死ぬ子どもたち

（鴨井沙衣・女・15歳）

「シーソーが砂場になった」のは、危険度を下げるため、というか事故が起きた時の責任を回避するためなのだろう。その方針を突き詰めれば、すべての遊具は消えてゆく。「どうせどこかで死ぬ」というフレーズの背後には、そんな社会への嫌悪感があるようだ。

無差別に自家製梅酒飲ませては美味しいという君と付き合う

（秋日子・女・28歳）

「無差別に自家製梅酒飲ませては」の怖さ。それを「美味しい」と云われることだけが唯一の愛の条件なんだ。

地下鉄のホームで食べるコンビニのおにぎりは味がしない、電車の音

（まえだきよひと・男・37歳）

五感の中でも味覚はかなりデリケートだと思う。状況によって大きく左右される。その感覚が的確に表現されています。

次の募集テーマは「犯人」です。夢の中で何かの犯人になっていることがあります。ものすごくどきどきして苦しくて、目が覚めるとほっとするけど、ちょっとだけさみしい。あの感覚はなんなんだろう。色々な角度から自由に詠ってみてください。楽しみにしています。

また自由詠は常に募集中です。どちらも何首までって上限はありません。思いついたらどんどん送ってください。

テーマ

消しゴム

さて、今回のテーマは「消しゴム」です。消しゴムについては、多くの人に強烈な共通体験があることがわかりました。

消しゴムの摩擦の熱の冷めやらぬうちに答案用紙回収

（曾根毅・男・45歳）

臨場感がありますね。「消しゴム」を「熱」で捉えた歌は珍しい。時間切れ寸前に間違いに気づいたんでしょうか。猛然と消しまくる姿が目に浮かびます。

美しい色とりどりの消しゴムのカスを生むため白紙をこする

（甘酢）

「白紙をこする」という奇妙な行為に純粋さを感じます。「美しい色とりどりのカス」とは、たった一人の夢のようなものか。

消しゴムが転がっていく白い靴下ばかり吊るされた林を

（久藤さえ・女・32歳）

「授業中に落とした消しゴムを拾おうとしてかがんだときも、私以外のみんなは前を向いていました」という作者のコメントがありました。「消しゴム」を落としたことをきっかけに、〈私〉一人だけがいつもの世界からズレてしまった。「白い靴下ばかり吊るされた林」の異世界感に惹かれます。

消しゴムを見ればわかるよ人気の子、影みたいな子、必死の子

（赤嶋実央・女・27歳）

「消しゴム」には他のどんな文房具よりも持ち主の本質が投影されるのかもしれません。「必死の子」がいい。

まっくろな消しゴムだってまっしろな鉛筆だってあるし私も

（塔野陽太・男・22歳）

「まっくろな消しゴム」や「まっしろな鉛筆」に、一瞬、混乱するのは、矛盾を含んだ存在に思えるから。でも、ちゃんとこの世に存在しているんだ。ならば、「私」が矛盾の塊として生きてゆくこともありだろう。

では、次に自由題作品を御紹介しましょう。

高速のねこふんじゃった鳴り響く住宅地には平和が宿る

（まどか・女・26歳）

「幼い頃にピアノを習っていて、『ねこふんじゃった』をいかに速く弾けるか？をよく家族と競っていました」という作者のコメントあり。私にも覚えがあります。あれが響いてきたら、そこには「平和」が宿っている、という感覚がユニークでありつつ説得力を感じました。ただの「ねこふんじゃった」では駄目で「高速の」ってところがポイント。

さびしいはどこか壊れたタイムマシーン同じところへ戻ってしまう

（くろだたけし・男・54歳）

「同じところ」がどこかは人によってちがうけれど、そこから脱出できない心のループってある気がします。

下校する小学生の集団にかけっこのゴール
にされている

（多田考秀・男・30歳）

「『あの人のとこまで競走な』と聞こえて次々と僕を追い越していきました」との作者コメントあり。勝手に「ゴール」にされてしまう困惑。怒るほどのことじゃないけど、防御不可能だから落ち着かない。全員をぶっちぎる速さで駆け出して、「ゴール」を甘く見るな、と教えたくなる。

桜色菜の花色の春の日にもうエストロゲン
出てませんが何か

（いしはらなまこ・女・51歳）

「春」という季節感の捉え方が独特。「エストロゲン」とは、いわゆる女性ホルモンのことらしい。

ホットケーキの湯気の向こうに、ヒヨコの人生があったのよと母

（ねこのひげ・男・36歳）

「ヒヨコの人生があったのよ」という「母」の言葉が、どこか謎めいている。「ホットケーキ」の原材料に卵が使われているからだろうか。

次の募集テーマは「トランプ」です。一度も遊んだことのない人は珍しいと思う。手品、スペード、ハート、クラブ、ダイヤ、ジョーカー、ポーカー、七並べ、ババ抜き、神経衰弱、大富豪、大貧民、大統領。色々な角度から自由に詠ってみてください。楽しみにしています。

また自由詠は常に募集中です。どちらも何首までって上限はありません。思いついたらどんどん送ってください。

テーマ

犯人

さて、今回のテーマは「犯人」です。魅力的な歌が集まりました。

わたしにはたったひとりのきみなのにきみ
は次週は別の事件へ

（一戸詩帆・女・29歳）

この歌を読むと、犯人と探偵の関係は恋に似ていることがわかります。怪人二十面相のようにいつまでも逃げ続けることができたら、名探偵明智小五郎の永遠の思い人でいられるのだけど。

いいえ僕やっていませんその時間雲に名前をつけていました

（日向彼方）

空を見上げても、「雲」たちはもう跡形もない。そのアリバイの儚さに胸を打たれます。

犯人は朝のコップを洗い終え、その時はまだ犯人でなく

（鈴木晴香・女・37歳）

上句から下句への転換の鮮やかさ。「罪を犯すその一瞬前まで、犯人ではなかった。そこにあった日常を思う」という作者のコメントに、頷きました。誰でも犯人になることができる。

その日からあの子が学校に来なくなり無数の星に目を瞑る夜

（佐藤緋音・女・17歳）

「たくさんの思い当たる節があって怖くなります」という作者のコメントがありました。その感覚が「無数の星に目を瞑る夜」に結びつくのだろう。

防犯用カラーボールと同色の服で郵便局に現る

（川元ゆう子・38歳）

その人は「カラーボール」を当てられても大丈夫なんだ。発想が面白い。かなり派手な服ですね。

犯人の足どり消えた港町海鮮丼がきらめいている

（野呂裕樹・男・31歳）

もしかしたら隣で食べている人が変装した「犯人」かもしれない。そんな世界に隠された可能性が「海鮮丼」をきらめかせているのだろう。

「容子です。字は容疑者の」妹は義父にあかるく挨拶をする

（黒乃響子・女）

良い「妹」の歌。容器、容貌、内容などに比べて確かに「容疑者」はわかりやすい。

では、次に自由題作品を御紹介しましょう。

乙女らのポニーテールはことごとくほどかれてゆくプラネタリウムに

（小山美由紀・女・32歳）

「ポニーテール」のままでは背もたれに頭を預けられないのだろう。それを「プラネタリウム」に「ほどかれてゆく」と表現したことでもう一つの世界が生まれた。

6歳の瞳をしてたハンドルを握っていても母は幼子

（瓦井煉瓦・22歳）

「母」が「幼子」のような時、子どもの〈私〉は不安になるだろう。まして、その「母」が「ハンドル」を握っているのであれば。

たまらなくかなしい夜だ雲は皆友達だけど
僕らはちがう

（池田輔・男・16歳）

「雲は皆友達だけど」という確信に胸を衝かれました。「夜」なのがさらにいいですね。

クローバー社会のいじめについてです綺麗な四つ葉がいじめられてます

（綾心・女・17歳）

「クローバー」たちの「社会」でも「いじめ」があるとは。発想のユニークさに加えて、上句でいったん切れる「ですます」調がいい。

まっ白なコピー機つまり集う女子紺のスーツの我らペンギン
（麻倉遥・女・36歳）

戯画的な表現の奥に、社会へのアイロニーが潜んでいるようだ。

水晶体くちから静かに出す人を見ている部署の解散式で
（テッ・42歳）

食べていた魚の目を「水晶体」と表現したところがポイント。この云い換えによって、謎の儀式めいた雰囲気が生まれている。

次の募集テーマは「財布」です。私にはうまく選べず、しかも使いこなせないモノの一つです。色々な角度から自由に詠ってみてください。楽しみにしています。

また自由詠は常に募集中です。どちらも何首までって上限はありません。思いついたらどんどん送ってください。

テーマ

トランプ

さて、今回のテーマは「トランプ」です。どこか懐かしい感触の歌が集まりました。

手品師の鳩がトランプにその子はトランプを鳩として育てた

（シラソ・女・34歳）

「その子はトランプを鳩として育てた」の切なさ。誰もそれが「鳩」だと気づかないだろう。

誰ひとりもう帰ろうって言わなくて大貧民する入試前日

（タンポポ）

早く帰って明日に備えた方がいいことはわかっている。でも、なんとなく離れ難いんだろう。トランプで遊びながら、大きな運命を共にしている、その感覚がいいですね。「あの日のメンバーとは今も仲良しです」という作者のコメントがありました。

靴を見て。ハートの女王は男なの。アリスのように君がささやく

（テツ）

「某テーマパークのパレードなどで、背の高いキャラクターには、男性が入ってる事が多いです」という作者のコメントあり。「靴を見て」に、どきっとしました。「ハートの女王」の正体は「男」で、それを見破った「君」は「アリス」。世界は秘密のときめきに充ちている。

これぜんぜんてんきらさってないんでしょと言いつつ冬の夜の七ならべ

（北山文子・女・25歳）

「トランプをすると必ず誰かが『てんきらさってない！』といいます。（北海道弁？）」との作者コメントあり。方言を生かした歌ですね。音の響きのせいなのか、「てんきらさってない」が星たちが天にきらめく「冬の夜」に繋がる感じがします。「七ならべ」もまた天の川みたいなイメージか。

スペードの1をメー子が「スペードのエース」と呼んだ二学期初日

（松本末句）

「二学期初日」で〈私〉の気持ちがわかりますね。ふと気づくと、友だちが少しだけ大人になっていたんだ。夏休みにいとこたちとトランプをして、そんな呼び方を覚えてきたんだろう。

手品師が覚えていろと言うカードいつ忘れればいいのだろうか

（鈴木晴香・女・37歳）

「いつ忘れればいいのだろうか」に意表を突かれる。これによって、「覚えていろ」という言葉が「手品」という枠組みを超えて、例えば愛についてのやり取りのように感じられてくる。

夜ならばアリスの髪に触れていたのかもしれないダイヤの兵士

（石村まい・女・20歳）

「夜」の魔法。不思議の国の話を描きつつ、どこか現実の恋にも触れてくるようです。

では、次に自由題作品を御紹介しましょう。

トラックの逆さになった文字を読む初めの
棒は音になれない

（まどか・女・27歳）

「胴体の逆さ文字を左から読んでしまうのに、うまく発音しきれない感じを表してみました」との作者コメントあり。わかるような気がします。目の前に確かにあるのに読むことのできない「文字」の不思議さ。

何県か知らない駅の自販機でカロリーメイ
トを買う夏の夜

（土居健悟・男・30歳）

「何県か知らない」がいい。地元ではなく、でも、旅先という感じともどこか違う。「夏の夜」にそんなところで、そんなものを買う様子に不測の事態を感じます。失踪とか逃亡とか。

虫かごが虫の力で少しずつ炎のほうへ近づいていく

（たろりずむ・男・44歳）

そんなことがあるのだろうか。「虫」が直接「炎」に飛び込むならわかるけど、「虫かご」ごと「近づいていく」ことで異様な怖さが生まれている。

コンビニのあの子の彼が同僚のチャラ男と知ったスシローの列

（織部壮・男・53歳）

地元感がありますね。「スシロー」に行かなければ知らずに済んだのに。

蟻地獄見つけて蟻を探すときおはよう無邪気な恋人の指

（雨月茄子春・26歳）

「蟻地獄」に落とすための「蟻」を探しているのだろう。「指」のクローズアップが怖ろしい。

次の募集テーマは「選挙」です。先日、選挙カーから歌声が聞こえてきて驚きました。昔は学級委員や生徒会長やウサギ係の選挙もあったっけ。色々な角度から自由に詠ってみてください。楽しみにしています。

また自由詠は常に募集中です。どちらも何首までって上限はありません。思いついたらどんどん送ってください。

テーマ

財布

さて、今回のテーマは「財布」です。身近なものだけど捉え方はいろいろでした。

500円玉が財布の主役だったあの頃にまた戻れないかな

（えいく）

今よりもお金を持ってなかったけど、今よりも楽しかったんだろう。「500円玉が財布の主役だった」という云い方がいいですね。それによって、「あの頃」が生き生きと甦りました。

おさいふは出すふりだけで私いま金魚の顔をしてると思う

（久藤さえ・女・33歳）

「自分でも間の抜けた顔をしているのが分かりました」という作者のコメントがありました。「金魚の顔」っていう表現が、よくわかる感じですね。「金魚」は「おさいふ」なんてもってないのに。

タバスコを垂らして光らす鳳凰堂クリームコロッケ待ってる間に

（テツ・43歳）

十円玉のことを図柄で「鳳凰堂」と表現したところがいい。「タバスコ」から「鳳凰堂」までの距離の遠さが詩を生みました。出会うはずのないもの同士が出会う衝撃。

幽霊のようにデパートうろついてお財布が待つ家へと帰る

（島田達也・男・25歳）

「見れはするけど手に入らない。うらめしやと自然に思った」という作者のコメントが面白い。「デパート」では「お財布」を持った人だけが生きた人間なんだ。

すり減った財布のロゴが読み取れていた頃の君を私は知らない

（文月・女・38歳）

「君」と知り合った時、もう「財布のロゴ」はすり減っていたんですね。「財布」には一緒に時を過ごす分身みたいなところがある。

しじみ汁のしじみを全部食べる父　大嫌いだった小銭入れの札

（織部壮・男・53歳）

札入れではなく、「小銭入れ」に折り畳んだ「札」を入れていたのがせこく感じられたんだろう。思春期には親に対して不思議なほど苛立つことがありますね。

ふくらんだ高速用の小銭入れでジャンボイチゴを買ったっていい

（公木正・男・44歳）

お金はどんなものにも姿を変えることができる。「高速」の料金になるはずが「ジャンボイチゴ」に変わることも。その運命の分岐感がスリリング。

では、次に自由題作品を御紹介しましょう。

サルビアの蜜を吸ってたあの子から蜜を吸ってた蟻が出てきた

（チェリー）

「口の中から手品のように蟻が出てきました」という作者コメントあり。素晴らしいシーンですね。「サルビア」と「あの子」と「蟻」の不思議な入れ子構造が鮮烈さを生みました。

いつか街中がゾンビであふれたらイオンモールにきみと住みたい

（カエ）

将来の夢というか憧れの暮らしというか。外は「ゾンビ」でいっぱいなのに。

米粒が一つこぼれる　おおむすびはまだおむすびの形をしている

（がね・男・27歳）

では、もう一粒こぼれたらどうか。さらにもう一粒では。そんな風に続けていって何粒こぼれたら、「おむすび」は「おむすび」でなくなるのだろう。詠われた以上の大きな何かを指し示しているようにも感じられる。

眠れない人たちはここに来てください　誰かの夢を上映します

（なるせ・女・17歳）

「誰かの夢」を「眠れない人たち」が分け合うという発想に優しさを感じます。

歯科助手じゃなくて歯科衛生士だと叱られている新郎の父

（たろりずむ・男・44歳）

微妙な違いにリアリティがありますね。「新郎の父」なのに叱られちゃう。

ハンバーガー冷やして食べていた夏のともだちの名前みんな三文字

（鈴木晴香・女・37歳）

「ハンバーガー冷やして食べていた」と「ともだちの名前みんな三文字」に挟まれて、「夏」が特別なあの「夏」になる。

次の募集テーマは「好きな食べ物」です。僕はなんだろう。メニューにあると必ず頼むのは「ポテトサラダ」なんだけど、いちばん好きかと聞かれると、うんとも云えないような。色々な角度から自由に詠ってみてください。楽しみにしています。

また自由詠は常に募集中です。どちらも何首までって上限はありません。思いついたらどんどん送ってください。

テーマ
選挙

さて、今回のテーマは「選挙」です。短歌にするには難しいテーマだし、実際、応募作の数はいつもより少なめでした。でも、内容は充実していたと思います。

一票をくださいい光る血も春の夜風もセミの脱け殻もみな

(monde・31歳)

有権者の総意でも国民の総意でも人類の総意でも生物の総意でもない。それらを超えてこの世の全存在の思いを問う、目も覚めるような選挙の歌ですね。

候補者が炊いたご飯を食べてから決めたい
そんな気持ちで歩く

（井口準・39歳）

「候補者が炊いたご飯を食べてから決めたい」がいい。言葉や文字ではなく、自らが判断できる基準を持ちたい、という気持ちが感じられます。

削っているのは誰だろう　久々に鉛筆で字
を書く投票所

（えんどうけいこ・女・45歳）

「投票所」にて、立候補した人ではなく、「鉛筆」を「削っている」誰かに思いを馳せている。他者と繋がる実感ってそういうものかも。

選挙権ないんだあしながおじさんのジュディはあんなに自由でいても

（常本道子）

意外な切り口の歌。『あしながおじさん』の時代にはまだ女性に「選挙権」がなかったんですね。「わたしたち女性が選挙権を得たら」というような主人公の言葉がありました。そのことから私たちの現在を照らし出している。

投票後ポスター見るは昼食後食べたサンプル見てみるに似る

（式守操・男・55歳）

もう食べちゃった後だから見ても仕方ないのに、なんとなく見てしまうことがある。やっぱりタンタンメンにすればよかったかな、とか。

ばんざいをしてる大人の集団に鳥肌立てた十七の夏

（川元ゆう子・38歳）

理屈ではなく、「大人」たちの表情や声や行為が生み出す場の空気感に「鳥肌」を立てたんだろう。この世には美しい「ばんざい」もあるのだろうか。

投票を済ませた後に少しだけ運動場を眺めて帰る

（曽根毅・男・45歳）

「少しだけ」に実感がありますね。「運動場」を駆け回っていた頃、〈私〉は選挙のことなど考えもしていなかっただろう。

鳥たちの選挙があれば結局はカラスが一番になるでしょう

（池田輔・男・16歳）

ツバメが速くてもクジャクが美しくても、「選挙」で「一番」にはなれなさそうだ。「結局は」という表現がアイロニカル。

友達のルームメイトの死の夜に丁寧に折る無効の票を

（千田チタン・女・27歳）

「友達」、その「ルームメイト」、候補者たち、そして〈私〉。生者、死者、当選者、落選者……、透明なドミノ倒しのように、確かに世界は繋がっている。

では、次に自由題作品を御紹介しましょう。

あれからもう12時間がたっている　きみの涙の瞳をかくのに

（コノカミサオリ・女・20歳）

普通に「瞳」を描くのよりも「涙の瞳」はずいぶん難しいんだろう。

遠い遠い光の街にいるあなた昨夜は何を召し上がったの

（まい・女・23歳）

遠くの都会という以上の、決して訪れることのない「街」が想像されます。「召し上がったの」という敬語に「あなた」への思いの強さが宿りました。

妹は今日は出たのねいつもより弱めの水を尻に感じて

（夏本橙・女・21歳）

「家族全員、ウォシュレットの水の強さが違います」という作者のコメントあり。面白いですね。ユニークな角度から描かれた家族の絆。

幽霊にも効くんだってと母さんが一心不乱にファブリーズする

（テツ）

こちらも家族の歌。夢中になっている「母さん」の像が浮かびます。「その確信の方がなんだか怖いよ」という作者のコメントあり。確かにね。でも、短歌としてはそこが面白い。

次の募集テーマは「苦手な食べ物」です。僕はなんだろう。特にないけど、魚とかを生臭いと感じるセンサーがやや過敏かもしれません。色々な角度から自由に詠ってみてください。楽しみにしています。

また自由詠は常に募集中です。どちらも何首までって上限はありません。思いついたらどんどん送ってください。

テーマ

好きな食べ物

今回のテーマは「好きな食べ物」です。バラエティに富んだ秀作が集まりました。

ミミガーを頼んだ後にお通しのミミガーが
来てでも嬉しくて

（川元ゆう子・38歳）

「でも嬉しくて」の意外性がいい。それでこそ真の好物。「ミミガー」の響きと微妙なマイナーさも、この歌にぴったりはまっているようです。

サツマイモごはんのサツマイモの無い部分が好きで多めによそう

（平井まどか・女・27歳）

「炊き込みごはんの具なし部分のほのかな味が好きです」という作者のコメントがありました。なるほどなあ。好物は「サツマイモごはん」。でも、大好物は「サツマイモごはんのサツマイモの無い部分」。その繊細さに人間のポテンシャルを感じます。

雷鳴を遠くに聞いて雨を嗅ぎながらあなたと食べるそうめん

（山崎柊平・男・25歳）

シチュエーションは味覚に大きな影響を与える。耳に「雷鳴」、鼻に「雨」、目に「あなた」、そして口に「そうめん」。この組み合わせが最高なんだ。

焼きたてのナンにバターを塗りつけるとき
恍惚のきみのまばたき

（石村まい・女・20歳）

「恍惚のきみのまばたき」の臨場感が素晴らしい。「きみ」の姿が目に浮かびます。

よそゆきの答えはぶどうだったけど魚の血合い全般でした

（野村やえ）

好きな食べ物を訊かれた時用の「よそゆきの答え」があるの、わかります。本当の「答え」は「魚の血合い」なのもいい。確かに、それはちょっと云い難い。

バイキング父と私の皿の中9割同じ盛りつけ方も

（松永陽花・女・16歳）

「父」と「私」で食べ物の好みがそっくり。しかも、「盛りつけ方」までも。メニューからただ同じものを選んだだけでは、そこまでの衝撃はない。「バイキング」だからこそ可視化された血の怖ろしさ。

定食の野菜炒めに肉はなく頷きつつも駆けめぐる箸

（浅井文人・男・44歳）

「頷きつつも駆けめぐる箸」の面白さ。「野菜炒め」だからと頭では納得しながらも、少しはあるはずの「肉」を求めてしまう微妙な心が表れています。

カップ麺食べないでって言っていたあの時の方が愛してたのよ
（有村鹿乃子・女・37歳）

「口うるさく言わない今の方が円滑に生活していますが、気持ちがあったのは昔の方だと思います」という作者のコメントあり。でも、相手は気づいていないのだろう。「カップ麺」から見えてくる「愛」。

ハンバーガー噛みちぎるたびハンバーガー見てしまうのはキスに似ていて
（鈴木晴香・女・37歳）

一口ごとの変化を見ているのか。「ハンバーガー」の場合は断面を、「キス」の場合は相手の表情を。いったい何のために。想像すると怖くなる。

では、次に自由題作品を御紹介しましょう。

すべり止めつけつつ話すあなたには私の足音聞こえないよ

（あやか・女・18歳）

「あなた」は運動部なのでしょうか。「すべり止めつけつつ」「足音」に生々しい現場の息遣いがあります。

ぼくの友だちを学校に来れないようにした奴がドラフト候補

（山田おこじょ・男）

「ドラフト候補」の意外性。だが、こういうことはあるのだろう。社会の不条理を静かに告発しています。

ワイシャツの袖を抜けてきたきみの手はもうわたしのものじゃなかった

（鈴木美紀子・女・55歳）

「ワイシャツ」とは社会性の象徴なのか。そこを潜り抜けた「きみの手」は、もう見知らぬ表情を纏ってしまった。

エレベーター鏡の前で髪直す小菅の彼の面会前に

（shublue・男・46歳）

映画の一場面のような歌。「面会」ということは、「小菅」とは東京拘置所なのだろう。「エレベーター」の「鏡」という不充分な条件下で精一杯がんばっているところがいいですね。

別別の神を信じる多重人格者のゆくえを思う夕映え

（新道拓明・男・29歳）

発想に驚かされました。脳内宗教戦争ということもあるのだろうか。「夕映え」の中には無数の色彩が含まれているようです。

次の募集テーマは「ルール」です。公式ルール、社内ルール、家庭内ルール、マイルール、ルールブックなど、色々な角度から自由に詠ってみてください。楽しみにしています。

また自由詠は常に募集中です。どちらも何首までって上限はありません。思いついたらどんどん送ってください。

テーマ

苦手な食べ物

今回のテーマは「苦手な食べ物」です。いろいろな食べ物たちがいろいろな理由で嫌われていました。好きには理由がなくても嫌いにはあるんですね。

家族から逃げ出したくなる朝がある味噌汁の玉ねぎのドゥルドゥル

（久藤さえ・女・33歳）

「玉ねぎのみそ汁の甘さと薄皮のぬめりが苦手なのです」という作者のコメントがありました。あの食感を「ドゥルドゥル」と表現したところが面白い。「家族から逃げ出したく」ても、その「甘さ」と「ぬめり」が邪魔をする感覚がオーバーラップしてくるようです。

絵本ではとってもおいしそうだった胡桃に裏切られる4歳

（平井まどか・女・27歳）

こういう体験には覚えがあります。お菓子などではなく、「胡桃」ってところにリアリティを感じました。「絵本」の中で栗鼠とかが食べてたのかなあ。

大丈夫あなたの見つめるくちびるであなたの天敵やっつけてあげる

（よるのすみこ・女・16歳）

「普段、クールな友達がトマトの事を私の天敵と呼んでいて好きになっちゃいました」との作者コメントがありました。「あなた」の苦手な食べ物を目の前で食べてあげる。そんな〈私〉の「くちびる」を「あなた」はじっと見つめている。「天敵」を「やっつけてあげる」という表現に痺れます。

蒟蒻を知らずに過ごし12年私は生きた母の領土に

（シラソ・女・34歳）

お母さんの嫌いな食べ物、例えば「蒟蒻」は決して食卓に出てこなかったんだろう。子どもにとってそれは世界に存在しないのと同じこと。「母の領土」という云い方から、その支配力が伝わってきます。

吸盤のひだに微かなウゴキあり海賊のふね沈めた記憶

（さとうとも・女・37歳）

「吸盤のひだの動きにただならぬ生命力と一矢報いてやろうとする呪いのパワーを感じる」との作者コメントあり。そこから、巨大な蛸に海賊船が沈められるイメージにまで展開したところが凄い。

嫌なもの減らしてあげる私いまおたま持ってるかみさまだから

（あやか・女・18歳）

給食当番ですね。「おたま」がいい。増やすも減らすも意のままにできる「かみさま」の道具だ。

では、次に自由題作品を御紹介しましょう。

なぜあなたが生きているのと言いたげなキュリー夫人と目が合う二限

（及川亜美・女・18歳）

「キュリー夫人の写真の表情がとても険しく、何か言いたそうに見えたのが印象的で」との作者コメントがありました。どきっとしますね。ぼんやり生きている自分という存在を、懸命に生きた死者の「目」が照らし出している。

「いらない？」に父は頷きつつ母は首を横に振りつつ「いらない」と

（夏本橙・女・21歳）

「父」と「母」の動作が違うことによって、「いらない」という返事がより強く心に響きます。

遠足に行った気分で水筒のお茶を注いで飲む解熱剤

（たろりずむ・男・44歳）

熱が出て、楽しみにしていた「遠足」に行けなかったんだろう。「解熱剤」を、「遠足」に持っていくはずだった「水筒のお茶」で飲むところが切ない。

午前九時フードコートの駒のようにみかんむく人通帳見る人

（槇・女・58歳）

「みかんむく人」と「通帳見る人」のばらばら感がいい。「フードコートの駒」たちは一つ一つ機能が違うんだ。

わたしより早めに衣替えをして寒さを共有しないストーカー

（新道拓明・男・29歳）

自分だけ万全な装備に身を包むとは、なんて勝手な「ストーカー」なんだろう。

私からうつった欠伸をするひとの瞳に無音のさざなみはある

（ぬぬ・女・16歳）

「何かが共鳴したようで嬉しいです」という作者コメントあり。「瞳」の中の「さざなみ」をキャッチする感度の良さ。

雪と雪、出会わないまま落ちてゆき書かれることのなかった手紙

（鈴木晴香・女・37歳）

人間の目には全体として「雪」に見えるけど、でも、「雪と雪」という視点で見ると、ほとんどの「雪」は別の「雪」と「出会わないまま」地に落ちて溶けることになる。もしも、あの時、手紙を書いていたら、「雪と雪」は出会えたのだろうか。

次の募集テーマは「枕」です。人によって、ずいぶん好みが違いますよね。人類はいつ頃から枕を使っていたのでしょうか。色々な角度から自由に詠ってみてください。楽しみにしています。

また自由詠は常に募集中です。どちらも何首までって上限はありません。思いついたらどんどん送ってください。

テーマ

ルール

今回のテーマは「ルール」です。縛られるイメージだったけど、ルールに救われるってこともあるんですね。

髪ゴムの色が自由になったってわたしはけっきょく紺の階級

（久藤さえ・女・33歳）

「ラメ入りや明るい色の髪ゴムをつけるのは一部の目立つ女子たちだけで、私はずっと紺のゴムでした」という作者のコメントがありました。校則が変わって「自由」になったけど、「紺」はもともと許されていた「色」なんだろう。「紺の階級」という云い方が残酷かつ詩的に胸に響きます。

生き残りたいでしょと手を掴まれたお局用のお茶の入れ方

（有村鹿乃子・女・37歳）

「お局」さまへの「お茶の入れ方」で、その会社における未来の運命が決まってしまうんだ。「生き残りたいでしょ」という表現の怖さに惹かれます。

この部屋で色付き下着は教壇の彼女だけだとささやく規則

（亀井里雨・女・14歳）

先生ではなく「教壇の彼女」という云い方がいい。それによって、学校の「規則」の奇妙さが浮かび上がりました。

ためらいもせずきんいろのおりがみでざつなひこうきつくりやがって

（たろりずむ・男・44歳）

「きんいろのおりがみ」は特別なもの、最後まで使わずにとっておくもの、という〈私〉のルールが、あっさりと破られてしまったんだろう。

各国の暴言すべて記憶してからグランドに立つアンパイア

（関根裕治・男・47歳）

面白いですね。すべての「暴言」に対して平等に対処するには、事前の学習が必要になるんだ。

白ければ雪、透明なら雨と呼ぶ　わからなければそれは涙だ

（鈴木晴香・女・37歳）

シンプルな定義の美しさ。「私たちはそうやって世界をひとつひとつ覚えた」との作者コメントがありました。そうですね。初めての「雪」、初めての「雨」、初めての「涙」を見た日のことを、もう覚えてはいないけれど。

では、次に自由題作品を御紹介しましょう。

点滴をしながら煙草吸うきみをまちがいさがしのように見つける

（風花雫・女・54歳）

「点滴」が必要な人が「煙草」を吸っている。そのちぐはぐ感を「まちがいさがしのように」と表現

したところが素晴らしい。

四十になるというのにまだ犬にいちども触ったことがありません

（古賀たかえ・女・40歳）

一瞬びっくりして、それから、でも、そういう人だっているよな、と納得。改めて世界の広さを感じました。犬に触らないまま死ぬ人もいるのだろう。では、人間に触らないまま死ぬ人はどうだろう。詩人の中にいるかもしれない。

長女です色々あって今はもう落ち着いてます 何その紹介

（北詰若菜・女・38歳）

「結婚式の親族紹介で、父からこんな風に紹介されました」との作者コメントあり。リアルですね。ほとんど「紹介」になってないけど、お父さんの実感なんだろう。

手掴みでご飯を食べる人もいる君を憎む人
くらいいるさ

（ようみのる・男・30歳）

「君」への慰めの言葉だろうか。いきなり「手掴みでご飯を食べる人」を持ち出してくるところに奇妙な説得力があります。

ストローを甘く窒息させながらタピオカを
吸う池袋の夜

（鈴木美紀子・女・55歳）

新宿でも渋谷でも品川でもない「池袋」という地名が印象的。いろいろな匂いが混ざった「夜」を感じさせる。「袋」だから？

「三階席からだと腕よりドレスよりピアノの歯って白いんだ、って」

（星たべよ・女・16歳）

どこかズレた感想に、けれども本気感が宿っています。「三階席から」だとそうなのかもしれない。鍵盤を「ピアノの歯」と云い換えたところもいいですね。

レバニラとニラレバが共に生きている世界に産まれたがる玉かに

（芍薬）

「中華屋さんに行くとお店によって〝レバニラ〟だったり〝ニラレバ〟だったりしますが、かに玉を〝玉かに〟と言う人はいないなあと気づきました」との作者コメントがありました。確かに。この世に存在できない「玉かに」への心寄せに胸を打たれます。

次の募集テーマは「ショック」です。最近受けたショックはなんだろう。静電気体質で毎日バチッときてびくっとなってるけど、あれもショックの一種かなあ。色々な角度から自由に詠ってみてください。楽しみにしています。

また自由詠は常に募集中です。どちらも何首までって上限はありません。思いついたらどんどん送ってください。

テーマ

枕

今回のテーマは「枕」です。素材についての歌が多かったです。使っている人の分身みたいな捉え方も。

蕎麦殻の枕で寝るとなんとなく天狗にさらわれそうな気がする

（かわかみちひろ・男・34歳）

面白いですね。「天狗にさらわれそう」が突飛でありつつ妙に納得できる。天使は「蕎麦殻」知らなそうだし。

極月の月の光の枕もと「モチモチの木」の
絵本も青く

（そら・女・59歳）

光景が目に浮かびます。「月の光」に照らされているのは、大きな「木」が出てくる冬の物語。

もう二度と会えない母の髪の毛が枕にあっ
たの口にいれたの

（ちゃんとみ・女・50歳）

大切に取っておくのではなく、お守りにするのでもなく、「口にいれた」ところに衝撃がある。

昭和には寝ているだけで差をつける睡眠学習枕があったっけ

（ふじたなお・女・53歳）

「寝ているだけで差をつける」という効能書きだったんだろう。なんとなくそうだったらいいな、という夢を中心に社会が成り立っていた「昭和」時代。

眠ってるひとびとはみなそれぞれのレンゲ畑に枕を置いて

（シラソ・女・34歳）

「それぞれのレンゲ畑」がいいですね。「枕」だけは夢の世界にも持ち込み可なんだ。

そば殻のキャンディ・キャンディの枕の©のマークを見つめて眠る

（甘酢）

これはリアルですね。「そば殻」、しかも「キャンディ・キャンディ」の絵そのものではなくて「©のマーク」ってところが。

革命家新たな基地に現れるいつもの枕ぎゅって抱えて

（川元ゆう子・38歳）

「革命」のためにさまざまな「基地」を転々と移動しながら、でも、「枕」だけは「いつもの」じゃないと駄目なんだ。

では、次に自由題作品を御紹介しましょう。

パチンコに向かう初老は水溜り深く踏んでももう気付けない

（ひじかかと・女・25歳）

心のすべてが「パチンコ」でいっぱいなのか。「水溜り深く踏んでも」は実景でありつつ、それ以上の何かを暗示しているようだ。

好きだから好きなんじゃない君の名前こうなる前に言えばよかった

（ましろ・女・17歳）

確かに〈私〉は「君」のことが好きだけど、それとは別に「君の名前」が好きなんだ。その主張に純粋さを感じます。

洗濯機の蓋のくぼみがほどよくて一瞬そこに剃刀を置く

（岩倉曰）

そのために作られた「くぼみ」ではない。でも、だからこそ、「ほどよくて」誘われるように「剃刀」を置いてしまうのだろう。

日高屋でラーメンを食うさみしさに宇宙船と名づけただよう

（翠・女・21歳）

夜なんでしょう。光りながら漂う「宇宙船」。ラーメン屋の「ラーメン」だったら、そこまで「さみしさ」を感じない気がします。

国道沿いのラブホの看板そうね、ここから
わたしの町なのね

（よるのすみこ・女・16歳）

「この田舎町が私の町で、嫌いなところもあるけれど、帰るところはここしかないかもねって感じます」との作者コメントあり。「ここから」の目印が「国道沿いのラブホの看板」ってところに実感がありますね。

花柄のポットを押せり総務課でサーカス団
の仔ゾウ飼いたし

（麻倉遥・女・37歳）

平日の給湯室で過った一瞬の白昼夢でしょうか。「花柄」と「サーカス団の仔ゾウ」が、どこかで響き合っている。

奪うほどではない。冬の路上には麻酔の効いているような風

（鈴木晴香・女・37歳）

「冬の風に触れると、皮膚は、麻酔を受けたような感じになる。風自体が、麻酔だからか」との作者コメントあり。あの不安感が的確に表現されています。吹雪のようにすべてを「奪う」激しさはないけれど。

次の募集テーマは「飛行機」です。乗るのが好きな人もいれば怖いという人もいる。私はちょっと苦手なんです。暑いのか寒いのかわからない空気の感じとか。空港の雰囲気は好きだし、昔のエアラインのステッカーは集めてるんだけど。色々な角度から自由に詠ってみてください。楽しみにしています。

また自由詠は常に募集中です。どちらも何首までって上限はありません。思いついたらどんどん送ってください。

テーマ

ショック

今回のテーマは「ショック」です。ショックにもいろいろな種類があることがわかりました。

4歳差ついに身長ぬかされてショックです　きやきから目をそらす

（木野鈴・女・17歳）

相手は弟か妹でしょうね。突然出てくる「すきやき」がいい。家族で囲むイメージがあるから。普段なら決して目をそらさないんだろう。

お城だと思っていたその建物が斎場と知り姫じゃなくなる

（あやねっち・女・15歳）

単にショックだった、という書き方じゃなくて「姫じゃなくなる」としたことで、夢が壊れた感覚がより伝わってきます。

日替わりで駐車する場所変えている隣の車いつも同じだ

（田仲昌仙・男・54歳）

ホラー系ですね。そのことに気づいた時のショックが想像されます。愛されすぎている。

二年ほぼ毎日いいね！くれた子は愛人でした私の父の

（上原直・女）

そんな事実を知ったら世界が歪みますね。「何者にだってなれるんですね」という作者のコメントにも衝撃が滲んでいるようです。

おかえりのLINEスタンプない意味に気付いてしまえり冬空の下

（せいこ・女・37歳）

「おかえりは、メールではなく会って言うものだと気付き、それが言えない境遇にショックを受けた」という作者コメントあり。なるほど、体験しないとなかなか気づかない微妙さに惹かれます。

はがへんでさわったらぐらぐらしててこわいおとなはよろこんでいた

（島田達也・男・25歳）

子どもの不安な感覚が平仮名表記で表現されています。「おとな」の喜ぶ様子との対比も素晴らしい。

略奪婚したと聞いてた婆ちゃんの墓の下から本妻の骨

（織部壮・男・53歳）

「お墓の中の納骨室が一杯になったので、増室をしたら判明しました。今となってはどういう経緯だったのかはわかりません」との作者コメントあり。うーん、なんだかわからないけど怖ろしい。「墓の下から」ってところが特に。

完璧なバタフライをしていたところライフセーバー直線で来た

（鈴木晴香・女・37歳）

「うまくできたと思っていたのに、溺れていると思われていた」との作者コメントあり。本人はショックだろうけど笑ってしまいますね。「完璧」「直線」の使い方がうまい。

では、次に自由題作品を御紹介しましょう。

何故こうも命を強く意識する ひとりの夜の高速バスは

（田野實リア・女・22歳）

確かに。「ひとり」「夜」「高速バス」がビンゴのように揃うと「命」が感じられるのか。

言っていいことと悪いことがある「らしい」と言った父はみじめに

（さしみちゃん・女・26歳）

普通「父」はその台詞を云う側ですよね。それが逆転した「みじめ」さに惹かれます。「らしい」という表現も効果的。

「魚介類アレルゲン除去」の紙付きですべて足りないたこ焼きが来た

（亀井里雨・女・15歳）

「給食です」との作者コメントあり。「たこ焼き」の幽霊みたいなものを想像しました。わざわざ「魚介類アレルゲン除去」するくらいなら、別のメニューを出す方が簡単だと思うんだけど。ディストピア的な魅力を感じました。

空に立つビルの灯りが消えてから目をつぶった非社会人、寝ろ

（小庭野暮・16歳）

「働くのが怖い」との作者コメントあり。「ビルの灯り」の中には社会人しかいないイメージ。「非社会人」は外からそれを見ているんだ。

「どら焼きを0個作ってきました」と瀕死の兄へドラミの笑顔

（江藤はるは・男・24歳）

「ファミコンのゲームでドラミちゃんが言う台詞です。プログラムの仕様でそうなるみたいです」との作者コメントあり。「0個」のあり得なさがいい。その異次元感が彼らのいる世界なんだろう。

無気力でいるうちに芸能人が謹慎しては復帰してくよ

（新道拓明・男・29歳）

自分だけが時間の中に入れないような感覚。ここにこうして生きているのに。

次の募集テーマは「無」です。無気力、無理、無職、無音、無限、ゼロ……。色々な角度から自由に詠ってみてください。楽しみにしています。

また自由詠は常に募集中です。どちらも何首までって上限はありません。思いついたらどんどん送ってください。

テーマ

飛行機

今回のテーマは「飛行機」です。飛行機雲と紙飛行機の歌が多かったです。

機内にて悩んだ末の書き出しは「こちらは高度1万フィート」

（小雪・女・18歳）

とてもいい「書き出し」ですね。「フィート」って、日本では日常的にはあまり使わない単位。そこにも特別感があるみたいです。

いま見えた飛行機に乗るパイロットお誕生日は何月だろう

（シラソ・女・35歳）

どこへ飛んでゆくんだろうとか時速何キロだろうとかではなく、「パイロット」の「お誕生日は何月だろう」って感覚が面白い。地上から遥かに遠い「飛行機」の先っぽに、一粒の命が乗っていることが実感されます。

乱気流に突入します、すみません機長は乱気流が好きなので

（ぬぬ・女・17歳）

くすっとなりました。「りゅう」「にゅう」「ちょう」「りゅう」という音の絡まり方も「乱気流」っぽい。

女ならあんな形にしなかったいかにも男が作った飛行機

（大空春子・女・38歳）

意外な切り口に、え、そうなの、と驚きました。「女なら」どんな「形」にしたんだろう。そういえば、ＵＦＯには円盤型とか葉巻型とか三角型とかいろんな「形」があるみたいですね。

トランジット列へと紛れ込む、今朝は。決意朝日に溶けるドラキュラ

（はる）

新しい世界へと旅立つ時の、怖れと喜びの感覚が伝わってくる。「トランジット／列へと紛れ／込む、今朝は。／決意 朝日に／溶けるドラキュラ」というリズムの分断も緊張感を強めているようです。

遊園地跡地にできた空港の飛行機たちはほんとうに飛ぶ

（秋山さかな・女）

「ほんとうに飛ぶ」がいい。その姿を「遊園地」の「飛行機たち」が見たら、びっくりしてしまうだろう。

では、次に自由題作品を御紹介しましょう。

1万と22歳になったとき君の化石を集めていたい

（まどろみなも・女・27歳）

「君」の方は普通の寿命で死ぬんですね。愛の怖さを感じました。

結婚式の帰りにみんなで来る人が多くて怖くなった風俗

（ここあ・女・40歳）

「結婚式」で上がったテンションが「風俗」へ向かわせるのか。想像を超えたリアリティにびびりました。「みんなで」の明るさが怖い。

先生が扇子を折った音だけが響く教室ああああれは夏

（優・女・16歳）

「授業中に先生が怒って自分の扇子を折ったことがあって、それをふと思い出しました」との作者コメントあり。想像では書けないタイプの生々しさがありますね。

閉じられた黒いカーテンのすきまから盗み見る校庭の美しさ

（公木正）

理科室でしょうか。教室から見る「校庭」は特別な場所に感じられます。生徒である〈私〉は勝手にそこに出てゆく自由を持っていないから。

もう降りることのない駅の自販機のラインナップを日記に残す

（芍薬）

「習い事のときにだけ使う駅の自販機の品ぞろえがかなりマニアックでした」との作者コメントあり。どうでもいいような現実の細部にこそ思い出が宿ることを〈私〉は知っているんだろう。

水色とピンクの歯ブラシ差してても繁殖させてるわけではなくて

（鈴木美紀子・女・55歳）

「水色とピンクの歯ブラシ」には〈私〉たちの姿が投影されているのかもしれない。

スニーカーでいいのに　証明写真機のカーテン下に革靴の真夜

（新道拓明・男・29歳）

「胸から上の写真しか撮らないのに律儀だなあと」との作者コメントあり。なるほど。しかも「真夜」だしね。「革靴」の一点から見えない誰かの性質を読み取る面白さ。

月ゆきのバス停で待っている（バスが来たのだろうまぶしすぎて見えない）

（鈴木晴香・女・37歳）

「まぶしすぎて見えない」と「バス」に乗りにくい。でも、そこに夢の中のような現場感覚が宿っています。

次の募集テーマは「ウイルス」です。今、新型コロナウイルスが猛威を振るっているので。この先どうなるのかわからなくて不安だけど、応募作を拝見する頃には沈静化していて欲しいなあ。色々な角度から自由に詠ってみてください。楽しみにしています。

また自由詠は常に募集中です。どちらも何首までって上限はありません。思いついたらどんどん送ってください。

テーマ

無

今回のテーマは「無」です。難しいテーマだけど、ユニークな捉え方がありました。時節柄、ドラッグストアにマスクや消毒薬が無いって歌が多かったです。

明日から無職の我はキッチンで無味の林檎をそのまま齧る

（あの井・女・24歳）

「突然クビを宣告されたことがあります。最終出勤日に食べた朝ご飯の林檎は味がしませんでした」という作者のコメントがありました。どこにも感情は描かれていないけれど、「無味」がよりリアルに〈私〉の感覚を表しています。「無職」と「無味」の繋がり。確かに味覚はその時の気持ちに大きく左右されますね。友人の結婚式のスピーチがあるだけで、目の前の御馳走の味がわかりませんでした。

無の色は黒だとおもうひとたちと白だとおもうひとたちがいる

（シラソ・女・35歳）

確かに。それ以外の「色」を思う人は少なそうです。「無」なのに「色」が有るのも不思議だけど、まったく「色」が無い状態って想像が難しいですよね。

何も無い男の胸を切り裂けばペプシコーラの飛沫飛び散る

（田中齋・男・42歳）

心ではなく、血でもなく、コカ・コーラでもなく、「ペプシコーラ」ってところが妙にぴったりくるみたいです。

カーテンレール墜落の夜はただ一人　東横インの瞬く世界で。

（ちゃそ・女・27歳）

そんなことがあるんですね。「カーテンレール墜落」の結果、窓からカーテンが無くなって、「夜」の「世界」が飛びこんでくる。そこに瞬く「東横イン」がひどくリアルです。

ドラッグストアが無を置きはじめて一ヶ月ぬかるみに花ゆきさくらゆき

（岡村還）

「ドラッグストア」から特定の商品が消えた現象を「無を置きはじめて」と表現したところがポイント。それによって、どこか虚無的な気分が伝わってきます。

アラームをアラームだと認識しない無敵の
身体になってしまった

（中野十日）

「アラーム」に気づかないまま、眠り続けてしまうのでしょうか。「無敵」という云い方が面白い。

春先に本屋つぶれてその横のポストがなん
か、めっちゃ、赤いな

（ぬぬ・女・17歳）

「本屋」がつぶれたことで「その横のポスト」が目立つようになったのでしょう。こういうことってありますね。逆に云うと、その「赤」さが「本屋」の不在感を照らし出しているんだ。

では、次に自由題作品を御紹介しましょう。

ハウ メニー カンガルーズ アー ゼア イン
オーストラリア 彼がいた夏

（あやねっち・女・15歳）

「オーストラリアへ短期留学に行った時、一緒に行った男友達がジョーク言って笑いとってて、かなわないなと思いました」との作者コメントあり。カタカナ英語を五七五七七のリズムにうまく乗せていますね。「彼がいた夏」という着地の仕方にもセンスを感じました。

無地のジグソーパズル、月の光に落としま
したよ、宇宙飛行士さん

（ぽぽ・女・16歳）

「宇宙飛行士になるための訓練に、何も描いていないジグソーパズルを完成させるという課題があるそうです」との作者コメントあり。知りませんでした。それ自体、どこか謎めいているけど、「宇宙飛行士」と響き合う「月の光」によって、暗示的な魅力がいっそう強まりました。

背広脱ぐあなたの風が来たようなそんな気がする午後10時5分

（清水百合・女・58歳）

「あなた」は遠く離れた場所にいるんでしょうね。「あなたの風」という表現に切なさを感じました。

ショッカーの戦闘員の食卓は映った2秒の話しが尽きぬ

（小鷹佳照）

テレビ画面に「2秒」だけ映って、すぐ仮面ライダーにやられてしまったんだろう。そんな「ショッカーの戦闘員」にも、一緒に「食卓」を囲む家族や仲間がいる。想像力の面白さ。

カフェラテのふたを外して泡に会うあわが見えなきゃカフェラテじゃない

（麻倉遥・女・37歳）

「カフェラテ」を「ふた」の穴から飲むと確かに雰囲気が出ませんね。一首を流れている不思議なリラックス感に惹かれました。

次の募集テーマは「幸福」です。初めての町を散歩して、古本屋で本を買って、喫茶店でそれを見ながらお茶を飲む時に幸福を感じるんだけど、今は難しい状況になっています。早くできるようになりたいなあ。みなさんの幸福はどういうものですか。色々な角度から自由に詠ってみてください。楽しみにしています。

また自由詠は常に募集中です。どちらも何首までって上限はありません。思いついたらどんどん送ってください。

テーマ

ウイルス

今回のテーマは「ウイルス」です。新型コロナウイルスへの対応で混乱する現状を反映して、臨場感のある秀歌がたくさん集まりました。

距離をとった濃厚接触を控えたそのままはなれてばらばらになった

（冬香）

表記の全一字空けというアイデアによって「ば　ら　ば　ら」を強制される日常が可視化されています。まさにこれですね。下句が平仮名だけになるところも「ば　ら　ば　ら」感を強めています。

口もとに小さな黒子があることも忘れたまで春に手をふる

（紡ちさと・女・37歳）

マスクのせいで「黒子」どころか「口」さえ消えてしまいそうな「春」でした。「手をふる」に滲んだ静かな悲しみ。

ハッピーバースデー歌い手を洗うわたしまるでシリアルキラー

（シラソ・女・35歳）

「ハッピーバースデー」二回分の長さの手洗いが推奨されています。「手を洗う」という行為自体もそうだけど、ウイルスを殺しながらお誕生日おめでとうを歌ってるところが「シリアルキラー」っぽい。

「ウイルスと同じノロです」笑わない面接官は全員マスク

（野呂裕樹・男・32歳）

一瞬「?」と思ったけど、作者の名前を見て納得。「ウイルスと同じノロです」は定番の自己紹介だったんだろう。でも、今は駄目。その冗談で笑える空気が消えてしまった。

公園の利用停止の貼り紙を優しい声で朗読した日

（史織・女・31歳）

「『なんてかいてあるの?』と聞く娘に、できるだけがっかりさせないように説明しました」という作者のコメントがありました。その悲しみと優しさに胸を打たれます。

「もしもし」の声がでかくて笑った一応聞くわ「ばあちゃん元気?」

（佐々木恵・女・21歳）

離れて暮らしている「ばあちゃん」なんだろう。「一応聞くわ」のラフさに愛を感じる。

ウイルスが人語を消したこの街に澄みてきこえる猫語や鳥語

（松本尚樹）

「人語」「猫語」「鳥語」という言葉の選択が素晴らしいですね。視覚ではなく聴覚に絞った世界像の美しさ。

では、次に自由題作品を御紹介しましょう。

いただきますを言わない父が夢のなかで鶏のエサになってた

（入瀬・女・21歳）

「父」の態度への違和感が「夢」に反映したのだろう。「鶏」も「いただきます」は云わないからなあ。

悩んだら星を眺めることにする悪いのは私ではなくて星

（さらさ・16歳）

すべてを「星」のせいにしてしまうテンションに惹かれます。「最近占星術にはまっていて」との作者コメントあり。「悪いのは私ではなくて星」って、そういう意味なんだ。

まだ知らない世界を知らない僕はただたらこパスタを食べているバカ

（瀬名英明・男・31歳）

唐突に出てくる「たらこパスタ」がいいですね。これが「ペペロンチーノ」や「味噌ラーメン」や「天ぷら蕎麦」ではキュート感が足りないようです。

「塵は塵に」の聖句もゆらに響く日も薬罐は麦茶のけむり吹きたり

（LHOOQ・男・19歳）

「葬儀の日に」との作者コメントがありました。亡くなった誰かを悼みながらも遺された者は生きるために「薬罐」で「麦茶」を作っている。

信じようこのよのすべて新品のポスターの粉っぽいざらざら
（LPQ・女・16歳）

「ポスター」の写真や言葉ではなく、その表面の「粉っぽいざらざら」を見ているところがいい。「このよ」を見る目の解像度の高さ。

庭先で祖母が切る爪つぎつぎと運び行くのは蟻の群なり
（KAORI・女・55歳）

「蟻」は甘いものとか虫の死骸とかが好きなイメージだけど、「爪」でもよかったのか。「庭先の祖母」から「爪」を運ぶ「蟻」の世界へ、急速にクローズアップされる感覚が面白い。

次の募集テーマは「弁当」です。駅弁、のり弁、キャラ弁、早弁、ドカ弁、遠足の弁当などなど。

弁当には家のごはんともレストランでの食事とも違った良さがありますよね。僕は学生の頃は唐揚げ弁当をよく食べました。この頃はシウマイ弁当が好きです。色々な角度から自由に詠ってみてください。楽しみにしています。

また自由詠は常に募集中です。どちらも何首までって上限はありません。思いついたらどんどん送ってください。

テーマ

幸福

今回のテーマは「幸福」です。人類の幸福とか家庭の幸福よりも、一人の幸福を描いた歌に惹かれました。

ベランダにしゃがんで見てるミニトマトその日暮らしの音階がある

（久藤さえ・女・33歳）

「ミニトマトは音階のように順番に熟していくので、毎日その分だけ収穫します」という作者のコメントがありました。「その日暮らしの音階」という表現がいいですね。今日だけでなく明日も明後日も小さな幸福が続きそうです。

午睡より戻りて安堵のまばたきとレースカーテン越しの夕空

（錦・女・28歳）

俳句には「昼寝覚」という季語があるけれど、夢と現実が混ざった気分の中で眺める「レースカーテン越しの夕空」が美しい。

ピアニカのホースのみハーモニカのケースのみが売られているお店

（公木正）

ガラクタたちの天国のようなお店の素晴らしさ。現実の社会では少しでも壊れたり古くなったりすると丸ごと存在を消されてしまうことが多いから。

ほほう君はよっこらせの使い手ですか私のどっこいしょも中々の

（玉柿・男・32歳）

独特の口調が面白い。ＳＮＳなどで互いの存在を否定し合う様子を目にすることがあるけど、「君」の「よっこらせ」と「私」の「どっこいしょ」の共存はその逆。全員が幸福でいられる世界がイメージされます。

幸せになってほしいと言われてもひぐらし夕立ち光るのはだれ

（森松萌・女・19歳）

「幸せになってほしい」には、そう云いながらも自分は関われないというニュアンスがありますね。「ひぐらし夕立ち光るのはだれ」という美しい転調の背後には、その距離感への淋しさがあるのかも。

ケンタッキー　骨の中身を啜ります　まだ味がする、まだ味がする

（伊藤萌子・女・27歳）

「永遠にやってたいなと感じます」との作者コメントあり。「骨の中身」って食べられたんだ。しかも、そんなに夢中になるほどおいしいとは。人によって「永遠にやってたい」ことが違うのが不思議です。

マーガリン、マーガリン、似てるだけでいい、しあわせみたいなものをください

（サツキニカ・女・30歳）

バターと「マーガリン」は区別できるけど、幸せと「しあわせみたいなもの」の区別は実はないのかもしれない。

テレビ消し黄色い陽射しに目を細め母と語らうＰＭの４時

（夏丸ゆうみ・女・28歳）

いつ、どこで、だれと、なにをするのが自分にとっての幸福なのか。ここにはその一つの形が明示されています。

では、次に自由題作品を御紹介しましょう。

次に会うのは資源ごみの日だねって確かにそれはそうなのだけど

（風花雫・女・55歳）

もうちょっとロマンチックな云い方はないものか。でも、そうしたら短歌としては普通になってしまうんだろう。

生きることを大切にするバンドだなグッズに椀と箸置きがある

（春野さき子・女・33歳）

「ツアーグッズに食器類を見つけると、より好きになってしまう」との作者コメントあり。ユニークな視点ですね。服とかアクセサリーよりも食器の方が「生きること」の根本に近いんだ。

セックスをするだけの人と水族館誰とも何とも目玉が合わない

（ななの・女・20歳）

「あれだけの目玉がいてどの個体も私たちなんか見ていないんだ」との作者コメントあり。確かに。魚たちの目はいったい何を見ているのか。そして、「セックス」の時はその「人」とも目が合わないんだろう。

四等になった生徒を四等の旗に導く担当になる

（たろりずむ・男・45歳）

誰からも存在を意識されないけど必要な「担当」。一等でもビリでもなく「四等」ってところに生の手応えがありますね。私たちは日常のほとんどの局面で「四等」だから。

コンビニに立ちションをするおじいさん緯度と経度がずれている国

（雨月茄子春）

「コンビニのトイレ使えばいいのにね」という作者のコメントあり。ほんの数メートルのところに「トイレ」があるんだけど、「おじいさん」はどうしてもその誤差を修正できない。たぶん「緯度と経度がずれている国」の住人なんだろう。

次の募集テーマは「宅配便」です。私も毎日お世話になっています。ありがとうございます。色々な角度から自由に詠ってみてください。楽しみにしています。

また自由詠は常に募集中です。どちらも何首までって上限はありません。思いついたらどんどん送ってください。

弁当

今回のテーマは「弁当」です。シウマイ弁当と占い入りのグラタンの歌が多かったです。後者は存在を知らなかったんだけど、そういうのがあるんですね。

タッパ二個おかず&おかずということは弟はいまごはん&ごはんだ

（関根裕治・男・48歳）

実体験っぽい短歌。この内容を表現するために「&」を使ったことで面白くなりました。「ごはん&ごはん」は衝撃的ですね。昔、上下巻の文庫本を買ったら下巻&下巻だったことがあるけど。ちょっと違うか。

山頂で食う弁当のウインナー蛸の形は雑でもいける

（曾根毅・男・46歳）

丁寧な「蛸」と「雑」な「蛸」がいるんですね。本来は海の生物である「蛸」が「山頂」にまで来てしまったところが凄い。

早弁が「速い」ではなく「早い」だと知った時にはもう三十で

（瀬名英明・男・31歳）

よく知られているわりに意味がわかりにくい言葉だと思います。「早弁」といえば学生というイメージだから、「三十」だと「もう」になるのかな。

弁当のこぼれた汁をかき集め再結晶化した調味料

（みのるチャチャチャ・男・38歳）

発想がユニーク。旨味が凝縮された「調味料」ができそうです。でも、実際にかけるのはちょっと躊躇うかなあ。

弁当におかずをつめるとき僕は少し未来の僕に寄り添う

（砂崎柊・男・26歳）

自分の「弁当」を詰めているんですね。「少し未来の僕に寄り添う」という捉え方が魅力的。遠い未来に自分の墓を買う時も、そんな気持ちがするのかもしれません。

弁当を作った人の前で食べる五月の雨上がりの空
（山村集）

「作った人の前で食べる」ケースと食べないケースがありますね。どちらかと云えば「作った人の前で食べる」の方がレアで、くすぐったいような喜びが感じられます。

お弁当嬉しいなって歌うまでお弁当食べられないルール
（鈴木晴香・女・38歳）

幼稚園なんかで実際にありそうな「ルール」だけど、このように言葉にされると怖さを感じます。

では、次に自由題作品を御紹介しましょう。家族の歌に魅力的なものが多かったです。

半ギレの父がお寿司を買ってくる　母は絶対イカを食べない

（丸山亜求・男・29歳）

状況がわからないけど、妙に可笑しいですね。「お寿司」を介しての謎のハイテンションがいい。「父」対「母」。「半ギレ」対「イカ」拒否。

トイレの扉に貼られた「検にょう」の付箋をはがすこれは復讐

（弟の姉・女・17歳）

「翌朝になって尿を採り忘れてしまえばいい」という作者のコメントがありました。なんて簡単で高度な「復讐」なんだろう。

「猫に目を舐められないで」母からの言いつけまもり猫とねむる夜

（シラソ・女・35歳）

「猫に目を舐められないで」には、たぶん現実的な理由があるんだろう。でも、この歌の中ではどこか呪術的な響きが感じられる。

ゴムんとこぜんぶが痒いぼくんちが貧乏だって知ったときから

（岩倉曰）

異様な実感がありますね。「ゴム」を「貧乏」の象徴のように感じたのでしょうか。それまでは平気だったのに。ゴムのとこではなく「ゴムんとこ」、ぼくのうちではなく「ぼくんち」としたことで、一首がより生々しくなりました。

カニカマをウソカニと呼ぶ母信じ偽物ばかり母さん、蟹が

（ななのひ・女・23歳）

「信じてた名前がそもそも違うとなんだか違う世界に来てしまったようです」との作者コメントあり。「ウソカニ」って名前がひどく怖いですね。子どもにとって「母さん」は世界を見る窓のようなものだから、それが歪むとすべてが歪んでしまう。

今は紛争地帯にいるの夢みたくピンク色の私のランドセル

（ももやま・女・30歳）

「小学校を卒業した時、ランドセルを外国に寄付したのを思い出して」との作者コメントあり。自分の分身のような「ランドセル」が「紛争地帯」にいる。そこにパラレルワールドの「私」の運命を感じたのかも。

次の募集テーマは「宿題」です。本物の宿題はもう何十年もやっていなくて、どんな感じが忘れてしまったけど、今は締切前の原稿のことをそう呼んでいます。色々な角度から自由に詠ってみてください。楽しみにしています。

また自由詠は常に募集中です。どちらも何首までって上限はありません。思いついたらどんどん送ってください。

テーマ

宅配便

今回のテーマは「宅配便」です。発想がパターン化しやすかったみたいです。身近であり過ぎて逆に難しかったのかな。

冷凍の牛や魚がピュンピュンと夜の高速を流れていく

（砂崎柊・男・26歳）

トラックに積まれて、という事実をわざと省くことで、「冷凍の牛や魚」が光の中を流れてゆくような、幻想的なイメージが生まれました。

五十代の娘宛て母の宅配は缶詰・肝油・フリルのついた服

（鮫島千絵・女・52歳）

「缶詰・肝油・フリルのついた服」の組み合わせから、「母」という存在のありがたさとヤバさが伝わってきます。「母」の心の中では「娘」はいつまでも幼いままなんだろう。

ベルが鳴る　顔見合わせて人間に近い姿のほうが出てゆく

（羊亥ハジメ）

ひどい恰好をしていると焦りますよね。類想の歌がたくさんあったけど、「人間に近い姿」という表現が面白い。

同じ作者の「少年漫画のほうが好きだと言えぬまま遠い叔父からまたちゃおが来る」もよかった。「ちゃお」って雑誌名でしょうか。わざわざ現物を送ってくるのが不思議な感じ。

帰宅したが鍵は明日午後宅配で届く予定のカバンの中だ

（関根裕治・男・48歳）

これはやってしまいそうですね。旅先から「カバン」を送ると荷物が軽くなって便利なんだけど。失敗の鮮やかさに惹かれます。

歯医者前停車しているトラックにぎっしり詰まった他人の歯形

（井口準・40歳）

自分の日常からは想像できないようなものが今日も運ばれているんだろう。社会を構成している無数の細部を、どこかで誰かが担っているんだ。

では、次に自由題作品を御紹介しましょう。

寝息立てる仲間の翼を折って歩く　明日から人として生きろ天使どもよ

（ふにふにヤンマー・男・51歳）

発想そのものも素晴らしいのですが、「仲間」「天使ども」という言葉の選び方がその魅力をさらに高めていると思います。

雨の中消防車たち走ってる力を持たない雨が泣いた

（シラソ・女・35歳）

自力で火事を消せないから「泣いた」んですね。でも、手伝ってはいると思うんだけど。「雨」に対する感情移入に引き込まれます。

プレハブの裏に作られた蜂の巣を見終わった人から順に出てくる

（朝田おきる・男・38歳）

日常の出来事がこんな風に切り取られることで、奇妙な儀式のように思えてきます。「蜂の巣を見終わった人」は、それを見る前とは別人になっているような感覚。

ゆきだるまの頭と同じ「きらい」の土台にだけ「すき」をのせられる

（タキ・女・31歳）

「土台」が「きらい」だから、その上に「すき」を載せても限界があるんだろう。身近な誰かにそう思われているところを想像すると怖ろしい。

北向きの恋に凭れて硝子へと耳打ちをした窓してるのと

（鈴木美紀子・女・56歳）

「恋」と「窓」が入れ替わってしまった。たぶん字の形が似てるから。でも、正しい位置に戻ったら暗号めいた魅力は消えてしまう。「窓してる」って面白いなあ。

素振りだけしていたかった春の午後とうに始まっていた試合は

（小鷹佳照）

「練習だけで満足するタイプです」との作者コメントあり。あまり詠われることのない「タイプ」ですね。でも、わかります。そして、気がつくと「試合」は「とうに始まっていた」。

走馬灯再生前の広告がムダ毛剃らずに振られた女

（ヒロ・17歳）

死の前の「走馬灯」にも「広告」がある。しかも「ムダ毛剃らずに振られた女」。嫌だなあ。でも、社会が現状のままだとそうなりそう。批評性のある歌。

真夜中に人形の手を温めるしてはいけないことと知らずに

（曾根毅・男・46歳）

どきっ、としました。私もそれが「してはいけないこと」だと知らなかったから。でも、どうしてだろう。人間に近づいてしまうからかなあ。

次の募集テーマは「先輩」です。先生とも友だちとも違う微妙な存在。僕の先輩って誰だろう。短歌の世界は大先輩だらけだけど。色々な角度から自由に詠ってみてください。楽しみにしています。

　また自由詠は常に募集中です。どちらも何首まででって上限はありません。思いついたらどんどん送ってください。

テーマ

宿題

さて、今回のテーマは「宿題」です。宿題は夏休みと結びつきやすいことがわかりました。

班ごとの宿題はじめて来た家のベッドに外着のまま腰掛ける

（有村鹿乃子・女・38歳）

「普段仲良くもない子の部屋に集まり、座るところが足りないからベッドに座れと言われて腰かけました」という作者のコメントがありました。その場の光景が目に浮かぶような臨場感がありますね。居心地の良くなさもまた生の実感の一つ。

「ざりがにをたべたらおいしかったです」の日記に×がついていた夏

（北山文子・26歳）

「謎でした」との作者コメントあり。「日記」に○とか×って、何かおかしい気がしますね。でも、短歌としてはそこがいい。「夏」の季節感の表現としてユニーク。

平安にウインクとかはあったのかなあ自由研究はそれがいいのに

（みか子・17歳）

発想が楽しい。実際に研究している人がいそうです。「和泉式部ならしてそう」との作者コメントあり。情熱的なイメージですもんね。

あの蝉が起きたらぼくもヤル気だす開いたページ夏のまんなか
（新夜ぱん）

「宿題も夏休みも中盤が一番だれてしまうし愛しい」との作者コメントあり。けだるいような「夏のまんなか」には、確かに独特の愛しさがありますね。

スイミングの水着を下に着たままで宿題してるこそばい時間
（久藤さえ・34歳）

「こそばい時間」がいいですね。そのことは自分しか知らない。記憶の中の特別な「時間」が、短歌の中に閉じ込められている。

亀の名をおびただしい程書く夏あり模造紙向かって左から右

（鈴木菜生・28歳）

「亀にハマって亀の研究と称して亀を紹介する自由研究をしました」との作者コメントあり。「おびただしい」という言葉の選び方が効果的。「模造紙向かって左から右」の具体性もいい。

刻々と涼しい夜に迫られてレモン電池のすっぱいひかり

（鈴木ジェロニモ・男・26歳）

「レモン電池」って本物の「レモン」で作るんですね。知らなかった。「すっぱいひかり」という表現が「レモン電池」と響き合っている。

では、次に自由題作品を御紹介しましょう。

課長のじゃ別にないけど係長が課長の窓と呼ぶ窓がある

（袴田朱夏・男・40歳）

面白いですね。それは「課長」の席の後ろにある「窓」か。「課長」がいつも外を眺めている「窓」か。それとも、「課長」が飛び降りた「窓」でしょうか。

びっくりすると「びっくりした」って叫んじゃう「あっ」とか「わっ」とか「えっ」とかじゃなく

（古賀たかえ・女・41歳）

なんだろう。不思議な悲しさがありますね。「びっくりした」と叫んでしまうことに。それから、自分でそれに気づいていることにも。

あとはもう滑空だけで着けるから眠る頭に切り替える鷲

（屋根裏のとこのま・男・25歳）

そうか、「滑空」モードでは「鷲」は眠っていたのか。想像力の意外な広がりを感じます。

犬が死に涙拭きつつゴキブリの死体を避ける不思議な自分

（ルリツシ・女・20歳）

「自分の心が醜くて恥ずかしくなった」との作者コメントあり。それが普通と思わないところに惹かれます。

人魚界クロールで泳ぐ人魚らはみな労働者階級である

（堀眞希）

突然の「労働者階級」が怖ろしい。優雅に思える「人魚界」にも「階級」があったとは。

大きさを恐れるほどの星があり花屋は花を夜に仕舞った

（鈴木晴香・女・38歳）

宇宙の巨大さと日常のささやかさの対比。後者を象徴する行為としての「花屋は花を夜に仕舞った」が美しい。

次の募集テーマは「筋肉」です。筋トレには中毒性があるみたいで、風邪で熱がある日もやっていました。色々な角度から自由に詠ってみてください。楽しみにしています。

また自由詠は常に募集中です。どちらも何首までって上限はありません。思いついたらどんどん送ってください。

テーマ

先輩

さて、今回のテーマは「先輩」です。非常にハイレベルでした。

ハクビシン追いかけるべきかと先輩は酔ったときだけＬＩＮＥよこす

（吉岡晶・女・27歳）

「ハクビシン追いかけるべきか」に痺れました。絶妙にリアルなどうでも良さに、酔った「先輩」感が滲んでいます。

種目別先輩の横に座ってる耳から首に一筋の汗
（平川奈都乃）

体操部でしょうか。「種目別」の一語によって見事な現場感が生まれました。

ミミさんはウサギなれども「さん」付けで呼ばねばならぬ先輩ゆえに
（久藤さえ・34歳）

「大学生のころに住んでいた学生寮で、こっそり飼われていたウサギがミミさんです」との作者コメントがありました。「『さん』付け」の理由が「先輩ゆえに」ってところが素晴らしい。学生寮の空気感が伝わってくるようです。文体から「鎌倉や御仏なれど釈迦牟尼は美男におはす夏木立かな」（与謝野晶子）を連想しました。

矢野くんが矢野先輩になってからすこしずつ樹になる秘密基地

（島田達也・男・26歳）

「矢野くん」が「矢野先輩」になる。一緒に遊んだ「秘密基地」が「樹」に戻ってゆく。時の流れの中で、〈私〉は少しずつ大人に近づいてゆく。

先輩が道を説明するときの要所要所にあるパチンコ屋

（たろりずむ・男・45歳）

「先輩」の人柄が伝わってきますね。「パチンコ屋」を軸に生活が回ってるんだ。

私だけみっちゃんと呼ぶ後輩はなんでも信じなんでも食べる

「なんでも食べる」に怖さを感じました。目をきらきらさせて土や石を食べてしまいそうな錯覚。

（シラソ・女・35歳）

野良猫の安否確認し合うだけの関係の先輩がいた冬

（春野さき子・女・33歳）

「先輩」との微妙な距離感がいいですね。「野良猫」の「安否確認」をしたくなる季節と云えばやはり「冬」。

ごめんなさいストーブでカイロ燃やしてさ
みんなを殺しかけた先輩で

（三矢奈々・女・14歳）

「ストーブでカイロ燃や」すとどうなるのか。わからないけど、たぶんヤバいんだろう。「みんなを殺しかけた先輩」と自ら名乗るところが凄い。想像ではちょっと書けない歌に思えます。

では、次に自由題作品を御紹介しましょう。

目が覚めて誰も見ないの寂しくて天井にリカちゃん貼って寝る

（こじか・女・18歳）

一緒に寝るとかじゃなくて、「天井」に貼るってところがユニーク。でも、気づいた人は怖いと思うなあ。

むらさきの券売機なんてどこにもないです　どこにもう時間です

（成瀬・女・18歳）

「特急電車の乗り換えが本当に苦手です」との作者コメントあり。「むらさき」がたぶん現実通りでありながら、同時に異次元めいたニュアンスを生んでいます。

マネキンの女はパジャマ売り場でもみんな見えないヒールを履いてる

（伊藤千絵美・女・36歳）

「女性のマネキンはハイヒールが履けるようにみんな背伸びをさせられています」との作者コメントあり。着眼点がいいですね。「見えないヒール」を強制される運命の怖ろしさ。

人の家の犬を撫でるといいことがあるのだろうか、あなたは撫でる

（鈴木晴香・女・38歳）

人間の心が理解できないサイボーグめいた呟き。疑問形から転じるスタイルも魅力的。

あのうるさいサイレンを祈りながら待つ人がいるどこか近くで

（長田彩伽・女・19歳）

当然の事実を改めて言葉にされて、はっとしました。その「人」の姿はいつも見えない。

次の募集テーマは「わくわく」です。最近わくわくしたのはいつだろう。友だちの家の猫が嘗めてくれた時かなあ。色々な角度から自由に詠ってみてください。楽しみにしています。また自由詠は常に募集中です。どちらも何首までって上限はありません。思いついたらどんどん送ってください。

テーマ

筋肉

さて、今回のテーマは「筋肉」です。ちょっと難しかったかな。

辞めるのかあの受付嬢好きだった深夜切なく腹筋100回

（江戸川走太・男・46歳）

「受付嬢」は「深夜」の「腹筋100回」を知らない。というか、〈私〉の存在自体を知っていたのかどうか。その距離の遠さにくらくらする。ただ「腹筋」だけは「100回」分確かに鍛えられたのだ。

夜の電車窓は鏡に乙女は髪をマッチョは胸筋ふと触る

（こばんぬ・女・23歳）

「乙女」と「マッチョ」、一見すると正反対に思えるものの中に類似性を見出した目が素晴らしい。

マラソンの筋肉痛の解消のため走る何もおかしくない

（えんどうれな・女・37歳）

「何もおかしくない」がいいですね。二日酔いの時の迎え酒のようなものでしょうか。

腹筋の台詞も字幕がついている明かりがわりの真夜の通販

（久藤さえ・34歳）

「真夜の通販」に特有の、どこか調子の狂った虚無的な明るさが伝わってきます。「吹き替えも腹筋らしい声があてられていました」との作者コメントあり。「腹筋らしい声」って面白い。

あきらかに食べた覚えがあるかたち文鳥のちいさな手羽先は

（北山文子・26歳）

大きさは違っても「かたち」は同じ。競馬好きの中には馬肉を食べない人がいるらしいけど、「文鳥」の飼い主はどうだろう。

では、次に自由題作品を御紹介しましょう。

味のりを5袋ぐらいたべてから自分がまずい状態と知る

（シラソ・女・35歳）

本当にやりたいこと、やるべきことから無限に遠いところで今を生きている「自分」。「味のりを5袋ぐらい」の駄目感が絶妙です。

ポケットにリップクリームのある子から画鋲の色を選べる世界

（あんず・女・20歳）

「リップクリーム」と「画鋲の色」にどんな繋がりがあるのか。一瞬、考えてしまったけど、これはいわゆるスクールカーストの歌ですね。言葉の背後にある透明な論理が一首を成立させています。

すきなくだものはぶどう、と決めてからぶどうの美味しさが少し死ぬ

わかる気がします。そんな風に意識する前のほうが純粋に味わえて、本当に好きだったような……。もしも、好きな人はあなた、と決めたら、どうなるんだろう。

（砂崎柊・男・26歳）

ゴキブリが好きな匂いと書いてあるとてもいい匂いのする薬

（たろりずむ・男・45歳）

一読して笑いました。え、俺って「ゴキブリ」？と思いますよね。「とてもいい匂いのする薬」という書き方が巧い。

熱風にまぎれるものがあるだろうプールサイドのくじらの遺骸
（石原健）

海辺ではなく「プールサイド」に「くじらの遺骸」があるところがいいですね。空間が捻じれて不思議な世界が見えてきます。

女子はまだ「○○っていう人」と呼ぶ転校して二週間経つ
（公木正）

微妙な時期の微妙な気持ちが描かれています。自分ではどうしようもない。「○○っていう人」の距離感がリアル。

パーカーにパーカー羽織る寒い夏黒板に『あと92日』

受験などへのカウントダウンでしょうか。「パーカーにパーカー羽織る」のは着心地が悪そう。その感触が不安な心理と重なって、マイナスの詩情を生み出しているようです。

（ヒロ・17歳）

好色でお花屋さんで毛むくじゃら　ムソルグスキーを姓名判断

（麻倉遥・女・38歳）

酷いけど面白い。「ムソルグスキー」の「スキー」の辺りが「好色」で、「ムソルグ」の辺りが「毛むくじゃら」かなあ。いや、代表作『禿山の一夜』が反転した連想かも。じゃあ、「お花屋さん」は、うーん、そんな風に部分ごとの意味付けではなくて、たぶんもっと直観的なイメージなんでしょうね。それが鋭い。

次の募集テーマは「ポスト」です。円筒形のポストを見かけると、まだ生き残ってたのか、とうれしくなります。色々な角度から自由に詠ってみてください。楽しみにしています。

また自由詠は常に募集中です。どちらも何首までって上限はありません。思いついたらどんどん送ってください。

テーマ

わくわく

さて、今回のテーマは「わくわく」です。読んでるだけでテンションが上がりました。

大好きな音楽の歌詞に僕が住む街の名前があって、生きる

（犬口マズル）

わくわくしますよね。「僕が住む街」が肯定される感覚。何故、自分一人ではその力を持てないのか、不思議に思いつつ。

キヨスクのフィルムカメラと途中下車木枯らしふいても喉元あつく

（入瀬・女・22歳）

そんなことをしてもさみしいだけで少しも楽しくないという人もいるだろう。でも、〈私〉にとっては最高なんだ。「キヨスクのフィルムカメラ」「途中下車」そして「喉元あつく」の組み合わせがいいですね。

暴風雨やむ気配なく友達の枝毛抜きつつ先生を待つ

（実明磨衣子・女・32歳）

「暴風雨」と「枝毛抜き」、極大と極小の対比が独特の陶酔感を作り出しています。

わくわくし眠れぬ夜に足を見たサンタクロースは靴を脱がない

（森山緋紗・女・38歳）

寝たふりをしながら「足」だけを見たのでしょうか。「サンタクロース」はなんと「靴」を履いていた。それは本物にちがいない。

飛びあがり入道雲さえ抱きしめたい　犬がくるまであと一時間

（吉田晶雄・男・31歳）

「入道雲さえ抱きしめたい」って凄いなあ。どうしたらそんなにわくわくできるのかと思ったら、「一時間」後に「犬がくる」。納得。

肺に入る凍った空気噛みしめて冬はつとめてにわたしも一票

（三石友貴・女・29歳）

「冬はつとめて」は『枕草子』。「わたしも一票」という着地が短歌では珍しい。

浮上する朝日が眩しいその中の打ち棄てられた家を見るとき

（みか子・17歳）

「電車の中から見ます」という作者のコメントがありました。「打ち棄てられた家」に興奮する感覚、わかります。朝の空気感が伝わってきますね。

しおりひも挟んだ少し手前から読み返すとき助走の気持ち

（平井まどか・女・28歳）

「少し手前から」ってところがいいですね。本番よりもむしろ「助走」とか準備の時がいちばんわくわくするみたいです。

ふたりして河原に捨てた洗濯機不時着をしたＵＦＯみたい

（鈴木美紀子・女・56歳）

「ふたりして」いけないことをする時のときめき。この世界の中で「ふたり」だけが、母星に帰れなくなった異星人のようだ。

遊園地完成予想図CGのどこかで笑っている私たち

（ぬぬ・女・18歳）

「遊園地完成予想図」の中の人々は現実よりも完璧に楽しそう。命を持たない「私たち」のわくわく。

頂上で乗って頂上で降りるならいいよふたりきりの観覧車

（鈴木晴香・女・38歳）

その「観覧車」は不合理で危険。だから、ときめく。「いちばん下で終わるから、恋は」という作者のコメントがありました。なるほど。

では、次に自由題作品を御紹介しましょう。

ミラノ風ドリアを食べた口の中ひりひりするの新宿6時

（ナカガワチカコ・女・18歳）

不思議な臨場感がありますね。「口の中」の「ひりひり」が、心の在り方をも感じさせるような。「これからなにをするのか、どこへ行くのかわからないけれどたぶんなんらかの、広義の戦いをしに行くのだろう」という作者のコメントも魅力的。

クッキーに目を描いてゆくその間わたしは微かに神さまになる

（まきその・女・25歳）

「たくさん並んだクッキーに顔を描いているとき神さまはこんな気持ちで人間を造ったのかな、ってふと思いました」との作者コメントがありました。作中では「目」に絞ったところがいいですね。

次の募集テーマは「尻尾」です。この前一緒に遊んだふわふわ系の仔猫の尻尾があまりに可愛かったので。色々な角度から自由に詠ってみてください。楽しみにしています。

また自由詠は常に募集中です。どちらも何首まででって上限はありません。思いついたらどんどん送ってください。

テーマ

ポスト

今回のテーマは「ポスト」です。意外と難しかったみたいです。ポストという存在自体がなんとなく詩的だからかなあ。

嬉々として郵便ポストにカマキリを閉じ込めた君と9時に渋谷で

（なかのさとし・男・26歳）

時の流れの不思議。いたずらっ子の「君」も私も、今ではすっかり大人になってお酒を飲んだりしている。あの時の「カマキリ」が巨大化して夜の「渋谷」に現れたらびっくりするだろう。

子丑寅卯辰巳午未申酉戌亥全部食ったことある

（たろりずむ・男・45歳）

年賀状からの発想がユニーク。人間も食べるものと人間は食べないものが交ざっていますね。

いくら料金不足だったんだろうあなたに投函したこの舌は

（ほうじ茶・女・27歳）

「キスこそしたけれど、何も届かせられなかった気分になります」という作者のコメントがありました。「舌」を手紙に置き換えたことで、「あなた」がポストになってしまった。「不足」していたのは「料金」ではないのだろう。

綿雪を踏んで手紙を出しに行き駄菓子屋さんでふ菓子を買った

（深海泰史・男・34歳）

「綿雪」とポストと「ふ菓子」の組み合わせがいいですね。それぞれの色や質感の違いが、ノスタルジーの回路を開くみたいです。音読すると響きも美しい。

教師との噂を君は否定せず白いポストに雪を詰めてた

（仲原佳）

「白いポスト」は有害図書を入れるためのものだろうか。そこに純白の「雪」を詰める行為が「噂」に対する無言の抗議に見えてきます。それは事実無根ではなく、単なる事実でもなく、真実の愛かもしれない。

では、次に自由題作品を御紹介しましょう。

せーのって好きな種類のじゃがりこを指したファミマがずっと眩しい

（瑠璃紫・女・22歳）

「好きな人は何も指さずに笑いながら、私が指したじゃがりこをカゴに入れてくれました」との作者コメントあり。ただ「じゃがりこ」を買うのとはまったく違う。そんな思い出があれば生きていけそう。

冷蔵庫の6Pチーズ傾けて2P残っているときの音

（鈴木ジェロニモ・男・26歳）

3Pとも1Pとも確かに違う「音」なんだろう。極度に即物的な表現に抒情性とは別の価値を感じました。

この子らには私が世界　2時半のおやつは
ポッキーグミ芋けんぴ

（あゆ・女・36歳）

「ポッキーグミ芋けんぴ」のランダム感もさることながら、3時ではなく「2時半のおやつ」というところに「世界」を司る「私」の支配力が表れているようです。

ある人を愛することは（ここでハミング）
ある人を愛さないこと

（こじか・女・18歳）

「（ここでハミング）」が新鮮。「ある人を／愛することは／（ここでハミ／ング）ある人を／愛さないこと」という句跨りで音数がきちんと合っているところもポイント。

このひとはだあれとわらっているこども私は貴女を殺したい大人

（太古・女・27歳）

「ずっと好きだった人が結婚して、先日子に会いました」との作者コメントあり。「このひとはだあれ」と笑っていたから答えを思い浮かべたんだろう。ショッキングな自己紹介。平仮名の「こども」の言葉と漢字の「大人」の言葉、その対比も怖ろしい。

地獄では今までたべたくちべにを集め作ったくちべにをたべる

（山上いくら・女・25歳）

「地獄」のイメージが面白い。「くちべに」の平仮名表記と早口言葉めいたリズムも効果的。

消しカスをあつめて消しゴム作ってる天国は少しだけ退屈

（シラソ・女・35歳）

「くちべに」の「地獄」の歌とよく似た発想に驚きました。作り手の無意識が照らし出すものがある。もしかしたら、人間にとって「天国」と「地獄」はよく似た場所なのかもしれない。どちらも現世より「退屈」。

明け放つ出窓に髪を梳く我を鳩の世界はとけいと見なす

（麻倉遥・女・38歳）

毎日決まった時刻に「出窓」に現れて「髪を梳く」んだろう。その姿を「鳩の世界はとけいと見なす」って捉え方が素晴らしい。この「世界」では「鳩」時計が反転している。そう気づいた時、衝撃が走りました。

次の募集テーマは「鮨」です。年齢とともに好みのネタが変化してゆきますね。学生の頃はあんなにハマチが好きだったのに。色々な角度から自由に詠ってみてください。楽しみにしています。

また自由詠は常に募集中です。どちらも何首までって上限はありません。思いついたらどんどん送ってください。

テーマ

尻尾

今回のテーマは「尻尾」です。ポニーテールと海老天の歌が多かったです。

ワニも尾を切って逃げられるというがワニは何から逃げるんだろう

（関根裕治・男・48歳）

「ワニ」にそこまでさせる何かを想像すると怖くて面白い。そもそも「ワニも尾を切って逃げられる」って事実なんでしょうか。蜥蜴と相似形っぽいから納得してしまったけど。

サイゴンのテールスープは牛だとは限らないけどたぶん牛だった

（袴田朱夏・男・40歳）

「限らないけどたぶん」という揺らぎによって生の実感が強まった。短歌の内部を言葉で完全に支配しないことの味わい。

手の平を右の空気に触れさせて手首を外に翻せば尾

（美唯・21歳）

「私の苗字には尾という漢字があるのですが、手話で名前を伝える時の尾の動きを短歌にしました」という作者のコメントあり。その発想自体が魅力的。「手」が「尾」に変わる魔法のようにも感じられます。

佇んだままで駆け出す　死ぬときもポニーテールのままで死にたい

「ポニーテールのままで死にたい」の美しさ。一つの髪型という以上の聖性を帯びています。

（ぬぬ・女・18歳）

先輩のポニーテールが神だったスマッシュのたびキラキラ跳ねて

（紡ちさと・女・38歳）

こちらも「ポニーテール」の歌。「今でも、部長のミューズ感を思い出します。一歳上が、とても大人びて見えました」との作者コメントあり。一学年の差が無限に遠く、その姿が眩しく見えるのは何故だろう。実年齢が追い越しても「先輩」は永遠に「先輩」のままだ。

座ってる猫の手首にくるんっと尻尾が巻きつくのを何という？

（月館桜夜子・女・56歳）

ひどく可愛く感じられるのは人間に「尻尾」がないからでしょうか。あの状態を表現する言葉はあるのだろうか。知りたいような、知りたくないような。

では、次に自由題作品を御紹介しましょう。

天使にもすね毛生えてるやついるよ　サイゼの壁に現れないだけで

（にしき・女・21歳）

「サイゼの壁に現れないだけで」によって、リアリティが生まれています。或る日、「すね毛」タイプがいっせいに「壁」に現れたらショックを受けそうです。

二十四年ずっと鳴ってたサイレンが鎮まり
そこでサイレンと知る

（Haruki-UC・男）

静かな怖さのある歌。もしも生まれた時からずっと鳴っていたら、それが「サイレン」だと気づくことはできないだろう。

君の好きな歌を聴いて夜を閉じる私が近づけるのはここまで

（朝間海裂・女・21歳）

「私が近づけるのはここまで」のなんとも云えない切なさ。その孤独感が短歌としての美しさを支えている。

こちら僕、彼女のうなじにニキビあり、夏の向こうにスナイパーの予感

（ささくれ　じょうすけ・男・21歳）

「こちら僕」って入り方が新鮮。「夏の向こうにスナイパーの予感」に青春を感じずにはいられません。

おっさんが連行される店内で買う浄水器のカートリッジ

（菊華堂・男・43歳）

「おっさん」は「連行される」。〈私〉は「浄水器のカートリッジ」を買う。二人は近いようで遠いようでやはり近い。一人一人がそれぞれの場所で生き延びるためにもがいている。

わたしたち桜の中で早送りされてることを
気がつきもせず

（シラソ・女・36歳）

神様はそんなふうに「わたしたち」を自由にできるのだろう。

いるはずのハチ公前にいないのでハチ公前
をひろげて探す

（鈴木ジェロニモ・男・26歳）

ごく普通の行動を「ハチ公前をひろげて」と表現することで詩が生まれた。〈私〉の「ハチ公前」と相手の「ハチ公前」が同じとは限らない。〈私〉の世界と相手の世界も。

高速の高架の下で　オレンジのジュースを飲む前　雨粒は降る

（いけみかひる・男・42歳）

快適とは思えない。楽しくもなさそうだ。でも、その荒涼とした情感に惹かれる。

次の募集テーマは「タイムマシン」です。もう完成している、と主張する人を見ました。色々な角度から自由に詠ってみてください。楽しみにしています。

また自由詠は常に募集中です。どちらも何首までって上限はありません。思いついたらどんどん送ってください。

テーマ

鮨

今回のテーマは「鮨」です。最近の回転寿司は回っていないという報告が各地から。

ひとの手の形をつけるアルバイト機械が四角く握ったシャリに

（久藤さえ・34歳）

「先輩から『シャリは機械が握るけれど、手で握った感じが出るようにもう一度握って』と言われました」という作者のコメントがありました。「機械」と「アルバイト」が力を合わせて、職人の雰囲気に少しだけ近づけようとしている。社会の細部の不思議さを思います。

酒を飲み鮨めっちゃ食う失礼なやつだと思ったら喪主だった

（おもち・女・26歳）

「喪主」に、あ、そういうことか、という衝撃がありました。日本では葬式と「鮨」もセットになっていますね。「失礼なやつ」という判断が急にブレて、別次元にゆくところに詩を感じる。

「お鮨でも取りましょうか」と言う母の横顔醒めて夕刻を待つ

（森乃ひつじ・女・56歳）

お祝い事などの出前に対して、何もしたくない日の出前ってものがある。今日のお母さんは元気がないと、子ども心にもわかっているんだろう。その時、「お鮨」は逆にさみしい。

ヒラメでもオヒョウでもカレイでもない白身を食べる　これは私だ

（入瀬・女・22歳）

正体不明の「白身」から「これは私だ」への飛躍が面白い。「ほんとに何の魚かわかんない白身ってありますよね」との作者コメントがありました。

死ぬことは鮨食む皆を額縁のひとつとなって見下ろすフェーズ

（実明磨衣子・女・33歳）

「お正月はいつも遺影が並ぶ部屋で鮨を食べていました」との作者コメントあり。「フェーズ」という表現がいいですね。みんなで集まって「鮨」を食べる「フェーズ」から、一人ずつ「額縁」の中に吸い込まれてゆくみたいです。

では、次に自由題作品を御紹介しましょう。

2周目の輪ゴムは少し細くなり1周目の輪ゴムと重なる

（平井まどか・女・28歳）

奇妙な衝撃を受けました。なんて地味で細かくて凄い歌なんだろう。何度も体験したはずなのに、これを見るまで、その現象をはっきりと意識したことはなかった。世界の解像度が素晴らしい。同じ作者の「虫っぽいゴミを捨てずにいるせいで視界に入るたびに驚く」にも、はっとさせられました。わかってるのにまた「驚く」んだよね。

月光も眠れないのか月光も好きなひととかいたりするのか

（石井大智・19歳）

「月光も」の「も」がすべてを語る。「月光」に「眠れない」とか「好き」とかはないという、日常レベルの意識を無効化するテンションがある。

早朝の博物館で剥製はすこしずれてることに気がつく

（シラソ・女・36歳）

「すこしずれてる」って怖いですね。そうか、「剥製」はそっくりだけど「すこしずれてる」んだ。

友達の恋人が嫌い恋人の友達も嫌い　春の木漏れ日

（はるか・女・21歳）

そう思ってはいけないことになっているけど実はそう、ってことがある。「友達」「恋人」「嫌い」の繰り返しが、ちらちらと揺れる心の「木漏れ日」を感じさせる。

私たち命の途中今日の日を絵本みたいにぱたんと閉じて

（笹倉紺・女・17歳）

お話がどこで終わるかわからない。そんな不思議な「絵本」を「私たち」は「今日」も読んでいる。

父さんと呼ぶ声がする振り向けばゴキブリホイホイガタガタ揺れて

（高谷慎司・男・46歳）

「ゴキブリホイホイ」の中から声がしたのだろうか。「ガタガタ揺れて」が怖ろしい。「助けて」などではなく「父さん」と呼ばれるのが、さらに怖ろしい。それによってアイデンティティが揺らぐ。「ゴキブリホイホイ」の中に何がいるのか。そして、〈私〉自身は何なのか。

石鹸の消滅を見た　石鹸は世界が消えてしまうのを見た

（鈴木晴香・女・38歳）

人間の死もそういうことなのか。跡形もなく消えてしまう「石鹸の消滅」のほうが、より純度が高いように感じるけれど。「見た」を反転させた文体がいいですね。

次の募集テーマは「カラス」です。「カラス」だけが、どうしてあんなに賢いのか。なのに、どうして好かれないのか。だから、好かれないのでしょうか。色々な角度から自由に詠ってみてください。楽しみにしています。

また自由詠は常に募集中です。どちらも何首までって上限はありません。思いついたらどんどん送ってください。

テーマ

タイムマシン

今回のテーマは「タイムマシン」です。タイムマシンを使わなくても時間を移動した人がたくさんいるみたいですね。

ゆでたまごのタイムマシンってありますか
白身ごとむいてしまったときの

（かまのなお・女・16歳）

「ゆでたまごがきれいにむけないのが地味に悔しいので、タイムマシンで戻してくれてもいいと思っています」という作者のコメントがありました。「白身ごとむいてしまったとき」の具体性が面白い。「ゆでたまご」自体が小さな「タイムマシン」のようにも感じられます。そして、何度繰り返しても同じになる予感。

彼の舌舐めてるだけで2時間半公園にいた17の秋

（ラス・女・21歳）

「興奮しすぎて時間の感覚が麻痺してました」との作者コメントあり。「彼の舌舐めてるだけで」という表現がいいですね。キスという言葉を使わないことで強烈な陶酔感が生まれました。ふと気づいたら、そこは「2時間半」後の未来世界。

夕闇にプレハブ小屋の公文式この先にあるタイムマシンは

（公木正）

近めの過去にやってきたのでしょうか。「夕闇にプレハブ小屋の公文式」に臨場感がありますね。

夕暮れに君が「異邦人」歌う　あ、蕎麦屋のチャリが転んだ音だ

（ささくれじょうすけ・男・21歳）

「異邦人」は昔の流行歌。「夕暮れ」「君」「異邦人」の組み合わせによって、辺りの空気が昭和になってしまった。日常の音までが過去のもののように響いたのだろう。

焦点の合わない部位がよく光るタイムマシンの製造途上

（曾根毅・男・47歳）

「タイムマシンの製造途上」を想像するのは難しいと思うけど、「焦点の合わない部位がよく光る」という三次元を超えた描写が巧み。

枯れ野にてさまよう時間旅行者のまなこに千年先のあまおう

（深海泰史・男・34歳）

「いちごがとても好きなので、もし過去から戻れなくなったら、神のように祈り求めると思います」との作者コメントあり。「まなこ」に映るのが家族とか愛する人とかじゃなくて「あまおう」とは。「千年」前の日本にも野生の野苺はあったみたいだけど、「あまおう」は無理だよなあ。

では、次に自由題作品を御紹介しましょう。

真夜中のドライブ中に食べるグミ食べてもいい宇宙人みたい

（シラソ・女・36歳）

「食べてもいい宇宙人みたい」にびっくり。その特異な比喩によって、「真夜中のドライブ中」のきらきらした空気が甦りました。

切りすぎた前髪を見たからですか　Uターンした理科の先生

（福成優香・女・24歳）

「女子高生の自分を思い出すと、自意識過剰だったなぁーと思います」との作者コメントあり。国語や社会より「理科の先生」の「Uターン」は美しい。

ジュネーブで買ったキャベツは炒めても炒めても炒めてもかたい

（夏野寿寧）

「ジュネーブ」と「キャベツ」の組み合わせが奇妙な味わいを生み出した。これだけで成立する短歌の不思議さ。「途方に暮れながらも違う国に来たんだなぁと感じていました」という作者のコメントも魅力的。

8階の僕の部屋だけ1Kであとはひとつながりの空洞

（屋根裏のトコノマ・男・25歳）

「あとはひとつながりの空洞」が面白い。自分とそれ以外。そういう「僕」の感覚の背後には、他者との繋がりの無さや孤独感があるのだろうか。

炭酸が飲めない私の夏休み　それだけでただ眩暈がしてる

（根本あおい・女・21歳）

「炭酸」が飲めることが「夏休み」の条件なのか。無力感が永遠の「夏」の扉を開いているようです。

薄ベージュのトートバッグからバッグインバッグ心臓のようなボルドー

（ほうじ茶・女・28歳）

「摘出手術のように見えました」との作者コメントあり。日常の中のホラー。「バッグ」の持ち主は「心臓」を取り出したとは夢にも思っていないんだろう。

机とか椅子の消毒するために来たよ有料道路に乗って

（溝内咲子・女・24歳）

「有料道路」が効いている。おそらくは新型コロナウイルス対応の現実でありながら、異世界めいた雰囲気が生じています。それだけ特殊な状況ということか。

次の募集テーマは「傘」です。生活の必需品なのに大昔から進化しない不思議な道具。色々な角度から自由に詠ってみてください。楽しみにしています。

また自由詠は常に募集中です。どちらも何首までって上限はありません。思いついたらどんどん送ってください。

テーマ

カラス

今回のテーマは「カラス」です。この鳥にはみんな近い印象を持つみたい。

足早にカートを押して車までカラスが狙うコストコのピザ

（ヒラオダイスケ・男・48歳）

実話っぽい感触の歌ですね。音読すると、「カート」「車」「カラス」「コストコ」のカ行音が印象的。

カラスの子うたと絵本のなかでしか見ない
透明なのだと思う
（音平まど）

「透明」という発想がユニーク。大人になると姿を現すってことか。

炎天の庭を歩いていくカラス頭を白く光らせながら
（おはん・女・53歳）

「炎天」の魔力によって、「カラス」＝黒という思い込みが反転する世界。

自転車屋の前でカラスが死んでいた特に目立った外傷もなく

（松木秀・男・49歳）

原因不明の「死」の怖さ。「自転車屋の前」であることが妙に気になってくる。「近くを高圧線が通っているのですが感電した様子もありません。しかもよく起こります」との作者コメントあり。ますます怖い。

「鳥獣の死骸」と書いて玄関の目立つところに置いてください

（鈴木晴香・女・39歳）

「保健所から、そうするように言われた。翌朝にはなくなっていた」との作者コメントあり。「鳥獣の死骸」と「目立つところに置いてください」の組み合わせが、現実の辻褄を超えた異様な空気を生み出した。

では、次に自由題作品を御紹介しましょう。

消えかけのあと一ミリのあの雲がひこうき雲なの僕だけ知ってる

（遠藤旧作・19歳）

もともとは「ひこうき雲」だった。いや、「消えかけのあと一ミリ」になった今も、やっぱりそれは「ひこうき雲」なのだ。

「田町さんのために今だけ桜咲け」なんて言うから黙ってしまう

（タイムラプス・女・20歳）

うっかり口にしそうな台詞。そんな明らかな好意の表現に「黙ってしまう」のが、またリアルですね。

木目調クーラーの温度ダイヤルを回すため踏む夜中の畳

（佐伊藤哲生・男・31歳）

和室の「木目調クーラー」は、リモコンではなくて、手で「温度ダイヤル」を回す必要がある。昭和的な豊かさの貧しさに惹かれる気持ちってなんだろう。

オレンジのリップでそんなに背が高くない女の子ばかりの王国

（千田チタン・女）

「ファッション雑誌によってそれぞれの色があって」との作者コメントあり。「オレンジのリップ」と「そんなに背が高くない」の具体性から、幻の「王国」が浮かび上がります。

道端に落ちてるコンビニの袋を犬かと思ったら犬だった

（木村樺）

「犬だった」の意外性。言葉の斡旋によって、不思議な世界が作り出されています。

耳栓と防犯ボールは同じ色みんなが敵に見える日がある

（あの井）

「耳栓」も「防犯ボール」も何かを守るためのもの。「同じ色」という気づきは、「みんなが敵に見える」心から生まれたのか。

独特の奇声をあげる父親のおふろのあとを
二階できいた

（シラソ・女・36歳）

「父親」の姿が目に浮かぶ。「おふろのあと」に「独特の奇声をあげる」習性があるのだ。「二階で」とは心理的な距離感でもあるのか。

留学の初夜、窓からは暗がりのＪＦケネデ
ィ国際空港

（田中優之介）

感情はまったく書かれていないのに、不安と期待が伝わってくるのはどうしてだろう。

信仰のない午後二時をどのひとの影も踏まないように歩いて

（あらいぐま・16歳）

「信仰のない」と云いつつ、「どのひとの影も踏まないように」から、一人の祈りめいた何かを感じる。

東京は（双子ってこういうときに便利なの、ごめんね私で）夜の七時

（芍薬）

「東京」の「夜の七時」には、同時に無数の出来事が発生している。「双子」の物語の断片から、その可能性のときめきが伝わってくるようです。

次の募集テーマは「牛丼」です。最近食べてないなあ。未経験の人は想像で。色々な角度から自由に詠ってみてください。楽しみにしています。

また自由詠は常に募集中です。どちらも何首までって上限はありません。思いついたらどんどん送ってください。

テーマ

傘

今回のテーマは「傘」です。ビニール傘と侍の歌が多かったです。

うちの魔女全部ビーズを付けるって傘がキラキラしてた友達

（有村鹿乃子・女・39歳）

「高校時代の級友はお母さんのことを魔女と呼んでいました」という作者のコメントも面白い。「傘」にまで勝手に「ビーズ」を付けちゃうなんて、「魔女」の名に相応しいと思います。

傘立てのビニール傘の柄に残る微熱でひとの傘だと気づく

（虫追篤・男・48歳）

一瞬のリアル。目では見分けられない「ビニール傘」の持ち主を、手が教えてくれたんだ。

むんとしたバスで傘もち立ってでも読みたい本がこの子にはある

（オクダ・男・21歳）

「傘」と「本」を手に持ったら、鞄や吊り革の分が足りなくなる。「本」は頁も捲らなきゃだし。それでも「読みたい」んだ。「この子」を見る眼差しの確かさと温かさ。

雨の日に手ぶらで渋谷たくさんの傘に紛れて濡れない私

（桜庭紀子）

誰かの「傘」から別の誰かの「傘」へ、少しずつ借りながら進んでゆくんですね。「手ぶらで渋谷」の響きも楽しい。

傘の字が便所の壁を這っている　田舎の虫のすごさはすごい

（SAMIDARE・男・24歳）

「傘」っぽい「虫」って何かなあ。「すごさはすごい」という反則めいた表現が面白い。

くるくると傘の柄まわす癖を知る生まれ変わってもみつけられるね

（みなみなみ・女・30歳）

「生まれ変わっても」の意外性に愛を感じます。その人の姿が見えなくても遠くからでも、「みつけられる」んだ。「癖」とは魂の形なのか。

「置き傘は処分します」と先生が言ったら四月になる気がした

（ジュリ・女・21歳）

「新学期に向けて、傘たちもその学年から追い出されるようでした」との作者コメントあり。「四月」の到来を「置き傘」で表現したところが魅力的。「先生」の一言が季節を変えてしまった。

では、次に自由題作品を御紹介しましょう。

本当はメロンが何かわからないけどパンなりにやったんだよね

（砂崎柊・男・26歳）

そういえば、本物の「メロン」とメロンパンは、あまり似ていない。「パンなりにやった」という表現が素晴らしい。

何一つ分からないけど恋をして春になったらくしゃみが出ます

（仲原佳）

「恋」と「くしゃみ」は、しようと決めてするわけじゃないところが似てるかも。

スノードーム一個分ほど　手枕に眠れる猫の頭をはかる

（水越麻由子）

「猫の頭」と「スノードーム」が結びつくとは。遠いのに近い、そんな二つが出会って詩が生まれました。

ちゃんとしたところも見てと飛行士の制服で来た知らない男

（原田冬・女・48歳）

「知らない男」が可笑しい。「ちゃんとした」から、そうなってしまったんだろう。

長靴を履いて無敵になったから、逃げやがったな雨雲のやろう

（東京蜜柑・女・25歳）

「長靴を履いた日に雨が降らないと悔しくなります」との作者コメントあり。その気持ちが、こんな歌になるとは。「長靴」の「無敵」が可愛い。

わたくしの首でジェンガをしていいようなうなじのピースが抜きたいでしょ

（藤堂夕・女・19歳）

「首でジェンガ」という発想に驚きました。「うなじのピース」の危うさにときめく。

仲良くするしかなくなった父と母昔は恋人だったのきもちわる

（犀川みどり・女・19歳）

「仲良くするしかなくなった父と母」という見方の残酷さ。では、「恋人」同士だった「昔」はよかったのかというと「きもちわる」。その二人から生まれた自分だからこそ、痛感するのだろう。

パン工場の前を通っているときにパンの話をしなかった人

（鈴木晴香・女・39歳）

「イースト菌の奇妙な匂いに包まれる」との作者コメントあり。確かに、かなりの確率で「パンの話」をしてしまいそうです。「しなかった」ことが歌になるのが面白い。

次の募集テーマは「カロリー」です。明け方に糖質ゼロという麺を食べていて思いつきました。色々な角度から自由に詠ってみてください。楽しみにしています。

また自由詠は常に募集中です。どちらも何首までって上限はありません。思いついたらどんどん送ってください。

テーマ

牛丼

今回のテーマは「牛丼」です。ひりひりするような秀歌が多かった印象。日本においては、もはや一種の共通体験だからかなあ。

郊外のでかいすき家で明けてくる空に起動音がある感じ

（シロソウスキー・男・36歳）

「空に起動音がある」という表現の瑞々しさに惹かれました。世界が動き出す夜明けの空気感。

とおざかる夜を惜しんだ　紅しょうがいっぱいのせたら真似してくれた

（戸似田一郎・男・44歳）

こちらも夜明けの歌。「紅しょうがいっぱいのせたら真似してくれた」という、ささやか過ぎる思い出が切ない。

水を飲むことも忘れて営業の遠藤のままかきこむ牛丼

（えんどうけいこ・女・47歳）

「営業の遠藤のまま」のロボット感がいい。食事というよりエネルギーチャージのような「牛丼」。

「つゆだくとつゆ抜きの人」これからは「つゆ抜きだけを買う人」となる

（駒子）

牛丼とか失恋とか、ひと言も書かれてないのに、「つゆ」周りですべてがわかってしまうとは。

『水田で家畜運搬車炎上！』これが最初の牛丼らしい

（遠藤友咲・20歳）

「納豆とかコーラとか、意外な始まりのものって多いですよね」という作者のコメントあり。いずれも偶然の産物ってことだろうか。フィクションかもしれないけど、「最初の牛丼」へと遡る発想がユニーク。

帰りには別々の駅に降りるからあなたがすき家わたしは松屋

（月館桜夜子・女・57歳）

そういえば高確率で駅前にありますね。チェーン店の違いが情感を生んでいます。題詠と意識せずに読んだら、さらにいい歌に見えそう。

うしどんと言ったら牛が吉野家の扉をたたく　一頭ではない

（鈴木晴香・女・39歳）

「一頭ではない」が怖い。二頭でも三頭でもないんだろう。今頃は豚の大群が「扉」を叩いているのかも。豚丼はぶたどんだから。

では、次に自由題作品を御紹介しましょう。

本当はここじゃないなと思いつつ着ぐるみの目に話しかけている
（音平まど）

「中の人がどこからこっちを見ているのかすごく気になります」との作者コメントあり。わかります。現実とファンタジー、二つの世界を分けるものが「着ぐるみの目」なんだ。

向日葵とさくらがずっと手をつなぎうとうとしてて　ほぼ無敵じゃん
（CHONO）

「向日葵とさくら」は二人の名前かな、と思いました。「手をつなぎうとうと」してる光景の「無敵」感に痺れます。現実的には無力な状態なのに、だからこそ。

間違えて微糖を押したこの指でいつか大事な選択をする

（琴川ホウ・女・21歳）

「微糖」がリアル。「大事な選択」だから、慎重にするから、間違えないってことは、たぶん全然ないんだろう。

飲み物の味聞いてくれてありがとうこの前私泣いちゃったから

（松岡はる・女・20歳）

時制や言葉の繋がりがわかりそうで微妙にわからないんだけど、その隙間から透明な感情が溢れてくるみたいです。

起立、礼。命の授業を始めます。山田、高橋を殺しなさい。

（馬場びすか・16歳）

こんなSFかホラーがありそうだけど、「起立、礼。」から始まるところ、「命の授業」というネーミングの不気味さ、また「山田」「高橋」の名指しが面白いですね。音数もほぼ合ってる。

「あのデミオ、右に曲がるよ」ウインカーを知る前の弟に囁いた

（ほうじ茶・女・28歳）

そして、「デミオ」は「右」に曲がった。「弟」は〈私〉を予言者と思っただろう。二人の世界が神話的だった頃の思い出。

子機を持ちどこまで外に行けるかを試したあの日真夏日の昼

（シラソ・女・36歳）

不思議な実験。通話しながら「外」に出たのだろう。行くだけなら、どこまででも「行ける」けど、「子機」は死んでしまう。

同じ作者の「ひんやりと片側だけが冷えていく家族会議の議題はわたし」もよかった。「議題はわたし」って。

次の募集テーマは「楽器」です。私は三歳から十三歳までピアノを習っていたけど、まったく弾けません。謎です。色々な角度から自由に詠ってみてください。楽しみにしています。

また自由詠は常に募集中です。どちらも何首までって上限はありません。思いついたらどんどん送ってください。

テーマ

カロリー

今回のテーマは「カロリー」です。発想がパターン化しやすい概念だから、ちょっと難しかったかな。

失恋をした日は母が練乳を一本チューチュー吸わせてくれた

（とますあきなす・男・45歳）

不気味な面白さがありますね。「練乳」が「失恋」の慰めになるとは。カロリーや甘味もさることながら、母乳の代用品っぽいイメージに怖さを感じました。

植物のカロリーだけでこんなにもでかくなるのかトリケラトプス

（山田夕陽・女・37歳）

そう思いますよね。だって、「トリケラトプス」の体重は6トン以上もあったらしい。一日中食べ続けても追いつかなそう。音読すると「でかくなるのかトリケラトプス」という響きも楽しい。

真夜中に袋ラーメンを茹でていて卵をつけるかつけるか迷う

（猫野声・男・26歳）

「卵を入れるかどうかを悩むふりして、もう腹は決まっている」という作者のコメントがありました。観客のいない謎の一人芝居。書き間違いのような「つけるかつけるか」に、その気持ちが表れています。

三分の一持て余すゼロコーラちいさい蟻の後味がする

（久藤さえ・35歳）

「ゼロコーラと普通のコーラは後味が違う気がします」という作者のコメントあり。「ちいさい蟻の後味」って凄いですね。「蟻」の味は知らないけど、云われるとそんな気がしてきます。

カロリーを気にするけれどカロリーは私のことを気にもとめない

（池田輔・男・18歳）

唐突な擬人化の面白さ。いつか「カロリー」を振り向かせてやりたい。でも、どうすればいいんだろう。

では、次に自由題作品を御紹介しましょう。

夕立の前に手なんか繋いでさ、ちゅーるのパチモン買いに行こうよ

（清水七海・女・21歳）

ポイントは「ちゅーるのパチモン」ですね。何故「パチモン」なのか、「ちゅーる」に「パチモン」があるのか、わからないけど。いつか忘れてしまうだろう青春の、今だけの煌めき。

毎授業ちがうプリントのまわしかたするから私を好きになって

（川口真央・女・18歳）

「『おもしれー女』と思われたかったです」との作者コメントあり。優しくするからとか、お洒落するからとかよりも無意味で切なくて、そこがいいですね。

いつ見てもテナント募集の物件にチワワくらいの首輪落ちてる

（あの井）

とても小さい「首輪」なんだろう。理由がわからなくてなんとなく怖いけど、つい見てしまう。「チワワはどこ行ったんでしょうね」との作者コメントがありました。

バイト先をここに決めたのは保留音が宇宙戦艦ヤマトだったから

（ほうじ茶・女・28歳）

意外な、けれど或る種の人には納得できる理由。みんなで「宇宙」に飛び立ってしまいそうです。

踊り場でおどったことがありますかデニムはすこし廻りづらくて

（シラソ・女・36歳）

「デニムはすこし廻りづらくて」と口籠るような実感のささやかさ。そこに惹かれます。

行きに見る団地と帰りに見る団地それぞれ違う組織のアジト

（みか子・17歳）

同じはずのものが「行き」と「帰り」で違って見えるという歌はあるけど、「違う組織のアジト」って発想がユニークですね。

行きたくない　カップスープのクルトンが回り続けて沈まない朝

（三河青キ・女・20歳）

「サボる決心がいつもできません」との作者コメントあり。「クルトン」が迷いの象徴みたいです。

意地悪な気持ちは海に捨てました　イルカが食べてサメになります

（住吉和歌子）

それは「意地悪」というレベルを超えているような。もしも「サメ」が食べてしまったら、どうなるんだろう。

海岸に先週たねを埋めた子はすいか畑を見にゆこうと言う

（清友悠生・女・33歳）

うん、「ゆこう」と思う。そううまくはいかない、という感覚を身に付けてしまう前の純粋さに憧れるから。

次の募集テーマは「納豆」です。大粒派、小粒派、ひきわり派、苦手派などいろいろあると思いますが、私は小粒派です。色々な角度から自由に詠ってみてください。楽しみにしています。

また自由詠は常に募集中です。どちらも何首までって上限はありません。思いついたらどんどん送ってください。

テーマ

楽器

今回のテーマは「楽器」です。実体験と思い入れの深さが感じられる秀歌が多かったです。

夏という蝉の奏者よ僕はゆく淋しさがすこし静かな方へ

（砂崎柊・男・27歳）

「蝉」を楽器に「夏」を「奏者」に見立てる感覚が新鮮。その音色の特徴は賑やかな「淋しさ」なのか。

「ピアノ」って言うとき必ず目の前の空気のピアノを弾いた先生

「ピアノ」への愛が伝わってきますね。「先生」の姿が目に浮かぶようです。「空気のピアノ」って表現も魅力的。

（ジュリ・女・21歳）

陸上の五輪選手の控え室みたいなエレキギター専門店

「無駄のないボディのエレキギターは、カラフルなところも五輪の陸上選手にそっくりです」という作者コメントあり。意外性のある発想。地味ながら「控え室」の一語も効いていると思います。

（音平まど）

シンバルを触った後は手を洗ってねと教わる5月の朝に

（ナガガキ・女・24歳）

「たくさんシンバルを触った後に、目を擦ると痒くなります」との作者コメントあり。どうしてなんだろう。未知の世界のルールを知る感覚が「5月の朝」と響き合っているようです。

突然の雨で応接間に入れてくれた老婆の奏でるピアノ

（虫追篤・男・48歳）

幼い頃の記憶でしょうか。映画のワンシーンのような出来事ですね。「応接間」という言葉が効果的。

４４２獣をそっと覚ますようはじまりはじまる魔法のオーボエ

（奈路侃・26歳）

「チューニングは、まるで生き物の目覚めのような感覚がします」との作者コメントあり。「４４２Hzは基準の音でしょうか。「オーボエ」が担当することを初めて知りました。「はじまる」のではなく「はじまりはじまる」なのがいいですね。

円《まる》になりマウスピースをまわし吹き私はベスを僕はジョージを

（榊隆太・男・17歳）

「中学の吹奏楽部のクラリネットには他にもシャーロットやキャサリンとイギリス王室の名前がつけられていました」との作者コメントあり。それによって不思議な世界の扉が開かれました。「円」「マウスピース」「まわし吹き」のマ音もいい。

「ご自由にお持ちください」のコンガが上京初日の夜を救った

（やまねたくみ・男・26歳）

「ご自由にお持ちください」と「コンガ」と「上京初日」の意外な組み合わせがいいですね。明日からの暮らしに希望が持てた「夜」。

土砂降りも靴も蛇口も図書室も夕日も夏もあなたも楽器

（遠藤友咲・20歳）

世界が一つの「楽器」に思える。青春という季節の凄さを感じました。

オクターブよりも大きい手を持っているのがわかる、繋いだだけで

（鈴木晴香・女・39歳）

「手」の大きさを「オクターブ」で測るところに、二つの別次元が交錯するような美しさがある。

では、次に自由題作品を御紹介しましょう。

かいだんを　ひとっとびに　かけおりて年長　ばら組　十六歳です

（東のいちご・16歳）

ラストがいいですね。「十六歳」の幼稚園児だ。

0・01ミリがない地元にはじめて知った東京にきては

（村井カユ・女・27歳）

コンドームでしょうか。意外な微差に「東京」を感じている面白さ。

「歌詞にないOh Yeahとかも歌うけど」ってことわってから歌う人

（新道拓明・男・31歳）

その律儀な人柄と「Oh Yeah」のギャップがいいですね。

雷の上半分はまだ知らない姉さんのようでふと怖くなる

（toron＊）

そうか、本当に怖いのは「雷の上半分」なのか。「まだ知らない姉さんのようで」という比喩の鋭さ。

新人がソフトクリームのぐるぐるが一段多いと叱られて夏

（斉藤さくら・女・38歳）

「ソフトクリームのぐるぐる」から、なんとなく「夏」の入道雲を連想しました。

次の募集テーマは「注射」です。私は苦手で顔を背けてしまうんだけど、平気で見つめる人もいるみたいですね。色々な角度から自由に詠ってみてください。楽しみにしています。

また自由詠は常に募集中です。どちらも何首までって上限はありません。思いついたらどんどん送ってください。

テーマ

納豆

今回のテーマは「納豆」です。この食べ物の特別さを感じました。

納豆のタレが絶対飛び散れば夕食時《どき》の父は全裸で

（仲原佳）

「そこまでして納豆が食べたいのかと思っていました」という作者のコメントがありました。宗教的な儀式のようですね。「父」が凄いのか、それとも「納豆」が凄いのか。でも、他の家族はご飯がまずくならないかなあ。

親戚が帰ったあとに残された納豆巻きがすごくおいしい

（木村槿）

お鮨のような御馳走の中では残されたりもするけど、単体で食べるとやはり「すごくおいしい」。そんな独特の存在感が伝わってきます。

納豆がなければ死ぬと喚く父　明日の朝には死んでいるかも

（柿本なごみ・女・34歳）

そこまで云われる食べ物は少ないと思う。「明日の朝には死んでいるかも」という淡々とした受け方がいいですね。

牛丼に納豆を乗せレトルトのカレーをかける　ぼくが世界だ

（永山暉・男・21歳）

かなりやばい食べ方。その自覚があるからこそその「ぼくが世界だ」なんだろう。

お箸からこぼれた豆はSWATの訓練みたいにゆっくり落ちる

（タカノリ・タカノ・男・30歳）

「SWATの訓練みたいに」という比喩の意外性。でも、「SWAT」の隊員は納豆を食べたことないでしょうね。

完璧な朝食が用意されていた納豆はかきまぜられていた

（ほうじ茶・女・28歳）

「納豆はかきまぜられていた」の静かな不気味さがいい。「完璧」を踏み越えてしまったような不安感を覚えます。

ニュース眺めながら納豆かきまぜる　革命、革命、と声がきこえる

（ゆき）

幻聴めいた感覚の鋭敏さ。粒が集まっているところがポイントか。「缶詰のグリンピースが真夜中にあけろあけろと囁いている」（俵万智）を連想しました。

怖かった妙にリアルで納豆が結婚詐欺師の
再現ビデオ

（やまねたくみ・男・26歳）

「結婚」との組み合わせは他にも幾つかありました。「納豆」には家庭生活の象徴というイメージもあるみたいです。

納豆が嫌いと聞けば水戸の子は自分が嫌わ
れたと感じたと

（甘酢）

「アイデンティティに納豆が少し含まれていたと感じました」という作者コメントあり。なんだか可愛いですね。地元の名物でもお菓子とかは積極的に「嫌い」とまでは云われないから。

では、次に自由題作品を御紹介しましょう。

「セロリってこう切るのかな」と聞かれて「うん」と答えただけの初恋

（もえかす・女・26歳）

調理実習とかでしょうか。「セロリ」の切り方から恋までの距離の遠さに胸打たれます。

このバスは夜に泳いでいたのねと窓に鱗をひとつ見つけて

（すや子・女・18歳）

「窓」に「鱗」を見つけられる心の在り方が、世界の輪郭を変えてしまった。

「死ね」という命令から「殺す」という意思に変った姉と出くわす

（篠崎幸子・女・26歳）

「死ね」と「殺す」は近いようで遠い。一線を超えた衝撃の中に美を感じてしまいました。

ヘアピンで前髪とめるわたくしを大人はしないと面接官

（シラソ・女・36歳）

履歴書でも受け応えでもない、そんな思いがけない形で世界から拒絶されるとは。透明な絶望感に惹かれます。

目、鼻、口、人差し指でそーっとなぞるあなたの寝顔夜の砂丘ね

（川岸夏子・女・23歳）

「夜の砂丘」という連想が魅力的。崩れてしまいそうな危うさと美しさ。

あさもやにＵＦＯが飛び立ってゆく左右の乳首が入れ替わってる

（高谷慎司・男・47歳）

「左右の乳首が入れ替わってる」のに気づいたことが凄い。その無意味感の中に未来の真実が宿っているのかも。

次の募集テーマは「寿命」です。種によって違うみたいですね。ベニクラゲは死なないって本当でしょうか。色々な角度から自由に詠ってみてください。楽しみにしています。

また自由詠は常に募集中です。どちらも何首までって上限はありません。思いついたらどんどん送ってください。

テーマ

注射

今回のテーマは「注射」です。コロナよりもワクチンよりも注射が怖いという人がけっこういることがわかりました。

血管が細くて白湯を飲まされる個室の壁にみちのくプロレス

（向田早池）

そういう時、「白湯を飲まされる」んですね。唐突な「みちのくプロレス」に謎のリアリティを感じました。地元だから貼ってあるのか、それともレスラーには血管が浮き出るイメージがあるから、それにあやかるためかなあ。

硝子目の熊は静かに幼子に針が刺さってゆくのを見てる

（虫追篤・男・48歳）

小児科のぬいぐるみと注射の組み合わせは他にもあったけど、「硝子目の熊」が「見てる」って表現に惹かれました。

鯨座礁対処マニュアルに赤線で静脈注射の位置示される

（久藤さえ・35歳）

「水産庁のホームページでこのマニュアルを見ました」という作者のコメントがありました。ホームページに載るほど「鯨」に「注射」するケースがあるんですね。がんばって詩を生み出そうとしなくても、現実の細部には予想外の詩がたくさん埋まっているのかもしれません。

天井に風船浮かぶ診察室注射待つ子と同じ数だけ

（愛知淑子）

不思議な光景ですね。「注射」を打った「子」が、ご褒美に貰えるのでしょうか。その姿がなくなった時、「風船」もゼロになる。なんとなく子どもたちの命とか魂とかが浮かんでるような印象を受けました。

蚊がヒントになった注射針がありランチメニューも詩に組み変わる

（水野咲）

「この注射針は蚊がヒントになってるんです」と云われたら、どきどきしそうです。「蚊」が「注射針」に、「ランチメニュー」が「詩」に変化する異世界のときめき。

では、次に自由題作品を御紹介しましょう。

ヒトがもし海洋生物なら地球ではなく海球と名付けただろう

（音平まど）

なるほど。やはり、世界像とは自分を中心に成立するものなのか。「海球」という名づけによって、「ヒト」が自由に泳ぎ回るもう一つの星のイメージが浮かびました。

寝る前に必ず思い出す人よ私はあなたの声を知らない

（小林晶・女・39歳）

例えば、それはどういう「人」なんだろう。通勤電車で一緒になる人とか沖田総司とかモナリザのモデルとか……。「知らない」からこそ強く「思い出す」のかも。

蟻社会では幼い頃の私が指名手配されています

（しろいくま・女・19歳）

遊びのつもりでひどいことをしたのでしょうか。「私」ではなく「幼い頃の私」ってところが永遠を感じさせて怖い。「指名手配」の写真はいつまでも子どものままなんだろう。

帰り道月夜の下に回転をやめて「絵」になる床屋のポール

（公木正）

「絵」になるという捉え方がいいですね。動かない生き物にどきっとすることがあるように、静止した「床屋のポール」は世界の特異点みたいです。

私が死んでたら死なずに済んだねって飛び込んだ目の中の虫

（シラソ・女・36歳）

生命には他の生命を殺す性質がありますね。まず思い浮かぶのは食物連鎖だけど、歩くだけで虫を踏んでいるかもしれない。でも、何もしなくても、ただ生きてるだけでそうなんだ。

たかちゃんとアユのケンカを聞いている各駅停車を西日が包む

（島原さみ・女・39歳）

「少し酔っているふたりは、涙目になりながらもなんだか幸せそうに見えました」との作者コメントがありました。目の前で起きていることなのに、同時に遙かな思い出のようにも感じられる。「各駅停車」と「西日」が生み出した魔法でしょうか。

ドラえもんと言えばノー、ドゥライモォンと訂正される英語教室

（土居文恵・女・35歳）

「アメリカ人の英語の先生です。いや、ドラえもんでしょ」との作者コメントあり。可笑しさの中に謎の緊迫感がある。その一点から世界が裏返りそうな。英語のアナウンスに含まれた駅名とかにも、二つの発音パターンがあるみたいですね。

次の募集テーマは「将棋」です。藤井聡太四冠誕生*で盛り上がっていますね。ルールを知らなくても詠い方はあると思うので、チャレンジしてみてください。色々な角度から自由に詠ってみてくださ い。楽しみにしています。

また自由詠は常に募集中です。どちらも何首までって上限はありません。思いついたらどんどん送ってください。

＊雑誌掲載当時

テーマ

寿命

今回のテーマは「寿命」です。終わりがわからないのに、折り返しを意識したり、不思議ですね。

残された寿命のうちの10秒を使って君に寄り目を見せる

（川元ゆう子・40歳）

すべてのことは「残された寿命」を使って為されます。でも、生の営みとして重要な食事や睡眠やセックスや仕事ではなく、限りなく無意味に近い「寄り目」に、だからこそ胸を打たれました。〈私〉は「君に寄り目を見せる」ために、この世に生まれてきたんだ。

ばあちゃんち紅白終わり除夜の鐘聞いてる時に迫る感覚

（まほ・女・20歳）

一年が終わってゆく時の、あの「感覚」は、小さな死かもしれません。その中に微かな再生の予兆を含みつつ、「鐘」は響いているようです。

前の人から引き継いだ電球の寿命が尽きて薄暗い風呂

（おいしいピーマン）

「前の人から引き継いだ」に微妙な味わいがありますね。自分で買った「電球」だったら、なんとなく「寿命」が予測できるけど、それがわからなかったんだろう。わかっても結果は変わらないけれど。

おそろいの光る腕輪を買いました夜を越せないものが欲しくて

（久藤さえ・35歳）

「夏祭りの夜店で売っていた光る腕輪、朝になるともう光らなくなっていました」との作者コメントあり。「夜を越せないものが欲しくて」の美しさ。永遠ではいけない。夏祭りも夜店も、毎日やっていたら、その魔力を失ってしまうのだろう。

ぷちぷちを緩衝材と呼ぶ君にくちづけをした17の冬

（月・女・17歳）

「恋に寿命がきてしまって以来、こんな些細なことばかり思い出してしまいます」という作者のコメントがありました。「ぷちぷちを緩衝材と呼ぶ」が最高ですね。その一点から「君」という存在が見えてくる。

草刈りの直後は彼らの本来の残りの寿命の分まで匂う

（遠藤友咲・20歳）

「生を感じさせる匂いがします」との作者コメントあり。同じ「寿命」でも、刈られるのと枯れるのはまったく違うんだ。人間もそうかもしれませんね。

では、次に自由題作品を御紹介しましょう。

暖房の効きすぎているデパートで母を迷子にしてみたかった

（芍薬）

「迷子」の微妙な危うさに惹かれます。「母」を捨ててしまうわけではないけれど。

手を繋ぎ輪になり炎を囲んでる夜のお腹のすべてにカレー

（富見井高志）

キャンプファイアでしょうか。「夜のお腹のすべてにカレー」という即物的な表現がいいですね。「炎」と「カレー」が、外と内からみんなを一つにする「夜」。

人間に逆らう気かと箸に言う泥酔父の猿に似た声

（上条千代子・女・22歳）

「箸」ってところがやばいですね。でも、短歌の中では価値が反転して、それこそが魅力になっています。

海がない県のお寿司はおいしいと葬儀屋たちのおしゃべり続く

（シラソ・女・36歳）

「保存に工夫がされてるから、だそうです」との作者コメントあり。そういえば、葬式と「お寿司」は関連が深そうですね。遺族にとっては味などはあまり問題にならないと思うから、この謎めいた「おしゃべり」は「葬儀屋たち」の不思議な存在感を際立たせています。

薄い膜をまとい登場したミルクとし初めて巻いたマフラー

（平尾実唯・22歳）

冬の到来とともに「ミルク」は「膜をまとい」、〈私〉は「マフラー」を巻く。「膜」「まとい」「巻いた」「マフラー」というマ音の連鎖も効果的。

僕ひとり目覚めた午後に父母と弟たちの脈確かめる

家族で昼寝をしていたのだろう。唐突な「脈確かめる」がいい。何かが急に不安になることがある。子どもの頃は特にそうでした。

（織部壮・男・55歳）

食パンは冷たいままがいい朝がときどき巡ってきて今日がそう

（鈴木晴香・女・39歳）

「食パンは冷たいままがいい朝が」という感覚の鋭敏さ。「ときどき巡ってきて今日がそう」という万能めいた下句もユニークですね。

次の募集テーマは「温泉」です。私は微妙に苦手で、昔は旅先でも大きなお風呂に行かなかったり。

でも、露天風呂は好きになってきました。サウナの魅力はまだわかりません。色々な角度から自由に詠ってみてください。楽しみにしています。

また自由詠は常に募集中です。どちらも何首まで〔で〕って上限はありません。思いついたらどんどん送ってください。

本書は、『ダ・ヴィンチ』（2018年5月号〜2022年2月号）
に連載された「短歌ください」をまとめたものです。
作者の年齢は掲載時の表記です。

あとがき

『短歌ください　海の家でオセロ篇』は、『ダ・ヴィンチ』誌上で現在も連載中の「短歌ください」の単行本第五弾です。第一二一回から第一六六回までをまとめたものになります。

『短歌ください』
『短歌ください　明日でイエスは2010才篇』（『短歌ください　その二』を文庫化の際に改題）
『短歌ください　君の抜け殻篇』
『短歌ください　双子でも片方は泣く夜もある篇』
『短歌ください　海の家でオセロ篇』

という順番です。毎回のテーマに沿った投稿作品と自由題作品の中から、これはと思った歌を選びました。

気がつくと、連載開始からいつの間にか十数年が経っていました。こんなに続くとは思っていなかったので驚いています。その間に、震災、新型コロナウイルス禍、戦争などさまざまなことがありました。収録歌の総数が二千首を超える「短歌ください」シリーズには、日本語を使う人々の心の記録という意味合いが生じてきたようにも感じます。

また、投稿者の中から歌集を出版して、いわゆるプロの歌人への道を歩み出した人も数多く現れました。彼らの活躍のおかげもあって、さらに投稿数が増え、全体のレベルが高くなっています。でも、そのハードルを越えて、新しい才能が次々に登場しています。短歌を全く読んだことのない人にも、本書のどの頁からでも開いて貰えれば、その魅力を実感していただけると思います。

イラストレーションの陣崎草子さん、藤本将綱さん、ブックデザインの川名潤さん、そして編集の関口靖彦さん、西條弓子さんには、大変お世話になりました。ありがとうございました。

それから、「短歌ください」に素晴らしい短歌をくれたみなさん、どうもありがとう。おかげでこんなに素敵な本ができました。連載はまだ続きますから、もっとください。

穂村　弘

二〇二二年一二月一〇日

穂村 弘
（ほむら・ひろし）

1962年、北海道生まれ。歌人。歌集に『ラインマーカーズ』『手紙魔まみ、夏の引越し（ウサギ連れ）』など、他の著書に『にょっ記』『もしもし、運命の人ですか。』『野良猫を尊敬した日』『はじめての短歌』『短歌のガチャポン』『図書館の外は嵐』など。『短歌の友人』で伊藤整文学賞、『鳥肌が』で講談社エッセイ賞、『水中翼船炎上中』で若山牧水賞を受賞。デビュー歌集『シンジケート』新装版が発売中。

装画
藤本将綱

装丁
川名 潤

短歌《たんか》ください　海《うみ》の家《いえ》でオセロ篇《へん》

2023年2月2日　初版発行

著者
穂村《ほむら》 弘《ひろし》

発行者
山下直久

発行
株式会社KADOKAWA
〒102-8177 東京都千代田区富士見2-13-3
電話 0570-002-301（ナビダイヤル）

印刷・製本
図書印刷株式会社

ISBN 978-4-04-682044-0　C0095

「短歌ください」シリーズ既刊

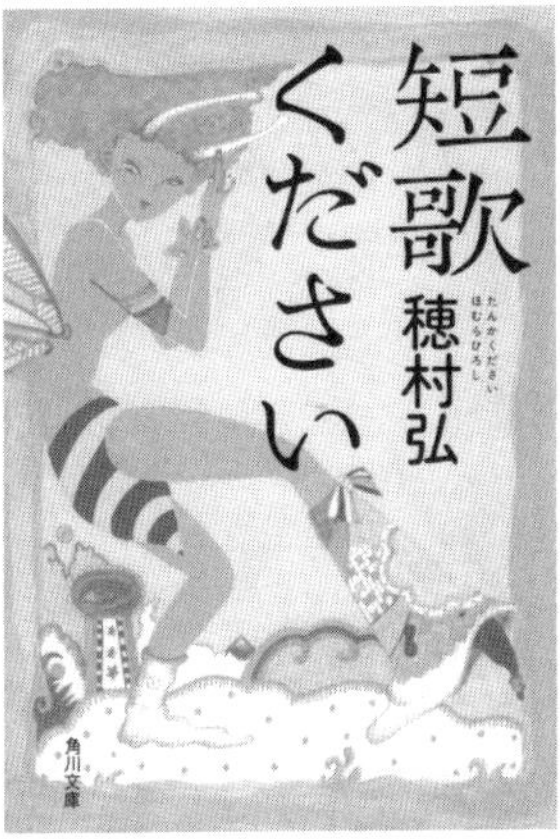

第１弾
『短歌ください』
角川文庫

第2弾

『短歌ください
明日でイエスは2010才篇』

角川文庫

第3弾
『短歌ください
君の抜け殻篇』

単行本

第4弾
『短歌ください
双子でも片方は泣く夜もある篇』
単行本